U0102185

组诗

世界五千年

任海泉 著

华艺出版社
HUA YI PUBLISHING HOUSE

作者简介

　　任海泉，中国军事科学学会副会长，解放军红叶诗社社长，教授，中将。1950年10月出生于江苏省南通市，1968年3月参加中国人民解放军，1969年4月加入中国共产党，研究生学历。入伍后历任战士、班长、排长，团、师、军作训参谋，军区军训部参谋、办公室秘书、干训处处长，总参军训部参谋、局长、副部长，步兵师代理师长，国防大学教研部主任、教育长、副校长、中国特色社会主义理论体系研究中心领导小组组长，军事科学院副院长，政协第十二届全国委员会委员、提案委员会委员，中国法学会副会长。发表军事、政治理论文章多篇、专著多部，所创课程被评为国家、军队精品课程。2012年6月，率中国代表团出席第十一届香格里拉对话暨亚洲安全会议。

　　人类历史源远流长，典籍浩如烟海，头绪多似乱丝，事件浑比迷雾，人物灿若星河。怎样才能用较短的时间，作一个宏观的了解？组诗《世界五千年》为您提供了这种可能。本书采取绝句加短文的形式，通过25章251首精彩的七言绝句和精练的说明短文，从开世启时、由猿到人到中华复兴、世界大同，对人类社会发展的各个阶段作了全景式描写。把五千多年来中国和世界历史的重大事件和主要人物交代得简明、准确、清晰。特别是作者在诗文中融入了自己的独到见解，给人以深刻的教育与启迪，是一部适宜各类人群阅读的史诗类书籍。

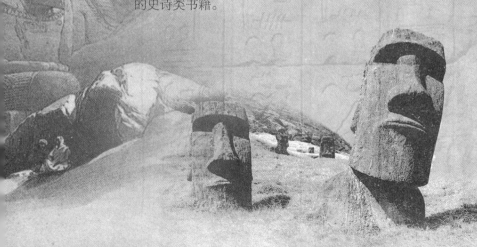

目 录

━━━━━━ ● 第三章 ● ━━━━━━

━━━━━━ ● 第四章 ● ━━━━━━

目　录

———————— • 第五章 • ————————

———————— • 第六章 • ————————

目 录

第九章

第十章

目 录

目 录

• 第十九章 •

• 第二十章 •

目 录

第二十三章

第二十四章

目 录

● 第二十五章 ●

序

开世启时

茫茫宇宙外无边，渺渺银河内有天。

爆炸诞星开世史，循环绕日启时年。

通常认为，我们所说的宇宙，产生于 300 亿至 230 亿年前的大爆炸，空间、时间的概念也随之确立。

第一章

001

由猿到人

古猿离树立非洲，石斧分羊长智谋。

制火扬汤烹肉嫩，搭棚避雨育儿优。

考古发现，人类的始祖为公元前 230 万年左右，从生活在非洲的南方古猿中进化而来。

002

埃及兴衰

尼罗河水沃埃及，金字塔尖惊世奇。

法老若非迷巨墓，辉煌仍可续根基。

自公元前 3200 年左右形成统一的奴隶制国家起，北非逐步出现了灿烂的古埃及文明，至今尚存的 80 多座雄伟的金字塔和近代发现的豪华的地下宫殿，作为国王法老的陵墓，既是辉煌的见证，又是衰落的根源。

003

两河成败

泥书楔字史称早，法典天文誉更长。

巴比伦兴千业旺，空中园起两河荒。

兴起于底格里斯与幼发拉底两河流域的古巴比伦文明源远流长，其历史可以上溯至公元前 3500 年左右苏美尔人建立的奴隶制国家。它创造了楔形文字、泥板书、世界最早成文法典、天文历法和空中花园，最终却毁于由生态灾难引发的饥荒和战乱。

004

印度遗梦

印度河宽润古城，自流浴爽乐民生。

季风东渐少甘雨，种姓分离难抗争。

大致在公元前 3000 年至公元前 1750 年，起源于印度河流域的哈拉巴文化曾经灿烂辉煌，完备的城市街区建筑和流水洗浴设施令人叹服，但气候巨变导致的干旱和雅利安人征服带来的种姓分离严重影响了古印度文明的延续。

005

中华崛起

江河横贯育华夏，山海卫屏宁远疆。

甲骨奇文通百语，炎黄始祖驭千方。

中国是世界四大文明古国之一，有着悠久的历史。公元前 3000 年前，以中原地区为中心开始出现聚落组织，进而形成国家和朝代。其地理位置得天独厚，长江、黄河哺育了华夏民族，高山、大海屏护了神州安全。起源于甲骨文的表意文字成为民族融合的媒介，对炎黄始祖的认同使中华文明统驭五湖四海，世代相传。

006

腓尼基人

迦南商贾富中东，海上航船贩紫红。

环绕非洲初探险，发明字母世流通。

公元前13—14世纪，地中海东岸有一个商业城都国家迦南，因其盛产紫红染料而被称为"腓尼基"，即"紫红之国"。腓尼基人世代以航海和经商为生，是环绕非洲大陆的首航者和字母文字的发明者。

007

大卫护国

摩西率众返巴乡，大卫孤身战恶强。

石矢击昏歌利亚，英年继位扫罗王。

　　犹太人的祖先希伯莱人与腓尼基人是近亲，同属西闪米特民族。公元前 13 世纪时，他们在首领摩西率领下逃离古埃及的奴役，重返故地巴勒斯坦，于公元前 1025 年左右建立以色列国，但不久即面临非力斯人的入侵。年轻的大卫只身战胜敌方悍将歌利亚，继承扫罗王成为以色列国王。

008

亚述帝国

闪电战飙风扫雨，破城锤重力惊天。

河间尚武超千载，西亚称雄仅百年。

　　崛起于两河之间的尚武民族亚述于公元前19—前18世纪发展为王国，几经兴衰，于公元前8—前7世纪形成世界上第一个军事帝国，其军队从编制、装备到战术、技术均领先于世，所向披靡，但穷兵黩武也使其盛极而衰，于公元前612年至前605年迅速灭亡。

009

耶路撒冷

三教同源一圣城，多朝易主数纷争。

先贤天上若言好，后世人间岂讨征?

　　自公元前1000年以色列建都耶路撒冷，这个希伯莱语中的"和平之城"先后成为世界三大宗教——犹太教、基督教和伊斯兰教的发源地，但也成了群雄逐鹿、教派纷争之地，在一次又一次被夷为平地后，又不断地在废墟上得到重生。

010

武王伐纣

两会盟津谋伟业，一拼牧野定乾坤。

武王贤正人心向，殷纣暴残天下瘟。

商（公元前 1559—前 1046）继夏（公元前 2029—前 1559）之后，经过长期发展变得空前强盛，却毁于以残暴著称的纣王帝辛之手。公元前 1046 年左右的牧野之战，武王姬发以少胜多建立了周朝，人心向背成了此役成败的决定因素。

第二章

011

希腊神话

爱琴海孕西洋史，荷马诗萌希腊魂。

特洛伊城奇计破，诸神祇位宙斯尊。

公元前 800 年至前 146 年的古希腊是西方历史的开源，其文明由古爱琴海文明发展而来，以荷马史诗等经典作品描述的神话故事为重要标志，成为整个西洋文明的精神源泉。

012

城邦争霸

城邦二百争权位，强势双雄斗海边。

雅典庙高文誉世，斯巴达勇武惊天。

在古希腊二百多个城邦中，雅典和斯巴达最具争霸实力。雅典崇文，尤以民主、进步、文学繁荣著称；斯巴达尚武，却是保守、专制、滥用暴力的象征，双方水火不相容。城邦争霸留下的一个宝贵遗产，就是推动了奥林匹克体育运动的发展。

013

波斯之王

波斯君主大流士，文治武功彪史诗。

域拓新图疆土广，制传后世帝王师。

波斯帝国地跨亚非欧，是人类历史上第一个具有世界意义的大帝国。公元前521年至前485年在位的波斯国王大流士，既是所向无敌的征服者，更是驭人有方的统治者，被尊为"万王之王"。大流士对后世帝王的影响，更多在于他创立的制度，而不是他开拓的疆土。

014

希波战争

波斯征战输三度，希腊抗争赢两联。

倘若自身无芥蒂，哪容外部有机缘？

　　波斯帝国于公元前490年、前480年至前479年两次三度大举入侵希腊，均遭到以雅典、斯巴达为首的希腊联军的顽强抵抗而告失败。胜利后的希腊各城邦虽普及了民主制度，却加剧了争霸斗争，最终爆发了伯罗奔尼撒战争，从而元气大伤，给马其顿入主和罗马入侵造成了可乘之机。

015

西方先贤

疯扬政改倡民主，死做哲人遵法条。

游历四方传理想，著书万卷育才苗。

古希腊诞生了许多思想家，最为伟大而著名的有以装疯宣扬政改、倡导民主的梭伦（公元前638—前559），有坚持哲学观点、不愿逃避死刑的苏格拉底（公元前469—前399），有游历周边各地、传播理想之国的柏拉图（约公元前427—前347），有首创多个学科、大力推行教育的亚里士多德（公元前384—前322）等，被尊为创立西方思想的先贤。

016

亚力山大

战车远镇东南北，领土广连欧亚非。

权杖未交留憾事，英年早逝带忧归。

亚历山大帝国（公元前336—前323），由马其顿国王亚历山大大帝开创，是历史上继波斯帝国之后第二个地跨欧亚非的奴隶制国家。公元前323年，亚历山大在远征途中突然病逝，时年33岁。由于生前未曾考虑继承问题，他留下的权力真空无人能够填补，帝国迅速解体。去世前他命部下将自己棺材的两侧留孔，以便将手伸出，表示他虽一生奋战，最终仍空手离去。

017

释迦牟尼

七天别母姨呵大，三殿轮居妻爱欢。

华贵全抛修救世，佛光普照佑平安。

释迦牟尼，佛教创始人，约于公元前 565 年出生于印度半岛北部，是一个小国的王子。他出生 7 天母亲病逝，由姨妈抚养成人。父亲建了三座宫殿，让他根据季节变化轮流居住。19 岁时娶了邻国的美貌公主为妻，不久生下一个可爱的男孩。他享尽荣华富贵和天伦之乐，却在 29 岁时主动放弃一切离家修行，历尽千辛万苦，终于得道成佛，成为世人敬仰的佛祖。

018

阿育倡佛

弑兄囚弟争王座，讨北征南扩版图。

放下屠刀思罪过，修成佛法尚虚无。

阿育王（约公元前304—前232），印度孔雀王朝第三代君主，也是印度历史上最伟大的一位君王。他在夺取王位和统一印度的过程中杀人无数，后来深感痛悔，皈依佛教，成了"放下屠刀，立地成佛"的典型。由于他的大力推崇，使佛教成为印度当时的国教，并传播到周边各国，成为世界性宗教。

019

春秋战国

西周气尽东周继，前重谋交后重兵。

五霸会盟争做主，七雄伐战比吞鲸。

　　春秋战国时期（公元前770—前221），又称东周时期，周王室开始衰微，只保有天下共主名义，而无实际控制能力。社会发生大动荡，出现了春秋五霸（齐桓公、宋襄公、晋文公、秦穆公、楚庄王）和战国七雄（齐、楚、秦、燕、赵、魏、韩）诸侯争霸兼并的局面，为全国性的统一准备了条件。

020

诸子百家

老庄明道无居首，孔孟兴儒仁位先。

诸子百家出乱世，群星千载映华天。

　　春秋战国时期是思想文化大繁荣的时期，各种学术派别林立争鸣，总称诸子百家。流传最为广泛的是儒家、道家、法家、兵家、名家、墨家、杂家、农家、阴阳家、小说家、纵横家，影响最大的是以孔子（公元前551—前479）、孟子（公元前372—前289）为代表的儒家思想和以老子（约公元前571—前471）、庄子（公元前369—前286）为代表的道家思想。

第三章

021

罗马兴起

兄弟命危狼母救，都城建毕祖名称。

教宗人主同京第，宫殿神坛共圣灯。

据说古罗马城是在公元前 753 年，由母狼救活的两个兄弟罗慕路斯和莫勒长大后兴建，并以哥哥作为祖先命名的，先后经历了王政时期、共和时期和帝国时期，发展成横跨欧亚非的空前强大的帝国。后来，罗马教皇又在此建立了梵蒂冈城国。意大利统一后，该城既是王国首都，又是教廷圣地。

022

阿基米德

水称金冕王心悦，器破坚船敌胆寒。

巨匠勋劳功盖世，骄兵蠢举罪难宽。

阿基米德（公元前287—前212），古希腊哲学家、数学家、物理学家，许多科学定理的创立者。曾发现浮力定律为国王检测金冠纯度，依据杠杆原理提出"给我一个支点，我能撬动整个地球"。在保卫家乡叙拉古的战斗中，发明多种作战器械的他使罗马舰队望风丧胆，最后竟在城破后亡于一名骄横的罗马士兵刀下。

023

迦太基国

船离故土开荒岛，夯落新城架海桥。

将战远欧罗马惧，兵输布匿太基消。

位于北非的半岛城国迦太基为腓尼基移民所建，因商贸发达、海军强大而称霸西地中海，其名将汉尼拔（公元前247—前182）曾率军远征欧洲直逼罗马。由于商业、农业两大奴隶主集团的利益矛盾，迦太基在战略上经常举棋不定，三次布匿战争均被罗马军队打败，最终于公元前146年遭遇毁城灭族之灾。

024

共和之患

元老院凶权镇世，保民官善众推王。

苏拉欲起独裁始，马略梦终民主亡。

　　罗马共和国后期，代表平民的改革派与依附贵族的保守派之间矛盾日趋激化。先是公民大会选举的保民官格拉古兄弟相继被杀，后是平民出身、倡行改革的执政官马略（公元前157—前86）一派两次遭屠，贵族出身、受元老院支持的执政官苏拉（公元前138—前78）被授予"终身独裁官"称号，罗马的共和制开始名存实亡。

025

斯巴达克

胜者王侯败者囚，先承尊贵后承羞。

虐奴戏酷英雄反，斗兽场高刀剑游。

古罗马斗兽场中的角斗士命运悲惨，他们往往都是被征服部落的贵族和民众，在"四杀一"的虐奴游戏中一个一个地死去。公元前72年，色雷斯贵族出身的斯巴达克（公元前120—前70）带领暴动的七十余名角斗士逃到维苏威火山上发动起义，队伍很快发展为十余万人，并多次战胜罗马军队。斯巴达克战死后，余部坚持战斗达十年之久。

026

恺撒大帝

文才武略震罗马，绩巨功高惊政坛。

拒冕帝王天下颂，谗邪元老众心寒。

恺撒（公元前102—前44），罗马共和国末期杰出的军事统帅、政治家。公元前60年与庞培、克拉苏秘密结成前三巨头同盟，随后出任高卢总督，花了8年时间征服高卢全境，还袭击了日耳曼和不列颠。公元前49年，他率部渡过卢比孔河，进军罗马，打败庞培，集大权于一身，后死于元老院的谗言与谋杀。他生前拒绝加冕称王，但后人都尊他为"大帝"，许多西方帝王以其名为称号。

027

奥古斯都

奥古斯都屋大维，师承恺撒斗庞培。

东平西讨停征战，革故鼎新鸣政雷。

奥古斯都，罗马帝国第一位皇帝屋大维（公元前63—前14）的尊号。屋大维是恺撒的甥孙、养子和指定的继承人，公元前44年登上政治舞台，先效仿恺撒与安东尼、李必达结成后三巨头同盟，后又剥夺李必达军权，与安东尼决裂，征服埃及、西班牙，采取一系列顺乎形势的内外政策，开创了相对安定的政治局面，为帝国初期的繁荣打下基础。

028

大秦帝国

废侯设郡安天下，拓道修城强成防。

大帝始皇千古业，小儿二世瞬间亡。

公元前230年至前221年，在秦王嬴政（公元前259—前210）领导下，秦国用十年时间相继灭掉六国，结束了长达五百余年的战乱局面，建立起华夏有史以来首个大一统的君主制王朝。嬴政废除诸侯，设置郡县，拓宽驰道，修筑长城，统一文字和度量衡，自称始皇，中国历史从此翻开了崭新的一页。但由于他晚年刑罚失当、劳役失度、用人失察、传位失矩，造成了秦朝二世而亡的惨局。

029

楚汉战争

楚河汉界鸿沟阔，猛士谋臣战阵齐。

高祖顺时成大统，霸王逆势丧虞姬。

公元前206年至前202年，西楚霸王项羽（公元前232—前202）和汉王刘邦（公元前256—前195）两大集团为争夺政权，进行了一场大规模的战争。刘邦先入咸阳，废除苛法，抚慰百姓，约法三章，深得人心。项羽后屠咸阳，杀秦宗室，焚烧宫殿，劫掠关中，民皆怨恨。最后，以项羽别姬身亡，刘邦建朝称帝，汉承秦制顺势崛起而告终。

030

汉武大帝

百家罢黜独尊孔，一使出关丝路通。

早破匈奴安塞北，晚思罪己稳朝中。

　　汉武帝刘彻（公元前156—前87），西汉皇帝，杰出的政治家、战略家。一生文治武功显赫，尤其是采用董仲舒的建议"罢黜百家，独尊儒术"，派遣张骞出使西域开通丝绸之路，重用卫青、霍去病大破匈奴安定北方边境，开拓了汉朝最大版图，开创了中国历史上的空前盛世。晚年穷兵黩武、杀戮太过，觉醒后下罪己诏，为扭转国家颓势、实现昭宣中兴创造了条件。

第四章

031

耶稣基督

怀灵少女诞耶稣，创教基督入圣书。

受难复活传爱义，劝人赎罪忏原初。

　　传说公元 1 年，耶路撒冷的犹太少女玛利亚梦中感受上帝圣灵而怀孕，于逃难途中在伯利恒生下儿子耶稣。30 岁那年，耶稣在约旦河中接受教士约翰的洗礼，得到上帝圣灵而创立基督教。从此他历尽磨难四处传教，收了十二门徒，追随他的人成千上万，引起罗马统治者的恐慌。后被叛徒犹大出卖，被钉死在十字架上，三天后复活升天。

032

庞贝古城

会堂剧院围豪宇，街道商行傍巨神。

庞贝古城罗马景，此时新像彼年人。

庞贝古城背山面海，是古罗马第二大繁华富裕的城市，公元79年毁于维苏威火山大爆发。由于被火山灰掩埋，街道、房屋保存比较完整。考古发掘显示，该城建筑宏伟，有七扇城门，九个街区，四条大道，两座神庙，供奉着罗马神话中的三位巨神。用石膏从火山灰模中套制的遇难者塑像，千姿百态，栩栩如生，为了解古罗马社会生活提供了重要资料。

033

东西分治

狄奥先君一嘱令，国徽鹰首两头灵。

兄封东帝言希腊，弟继西皇语拉丁。

公元 395 年 1 月，罗马皇帝狄奥多西（346—395）逝世，最高当局根据皇帝的遗嘱，将帝国版图划分为东西两部分，由他的两个儿子分别担任皇帝。十八岁的长子阿卡狄乌斯统治讲希腊语的东罗马帝国，以拜占庭即君士坦丁堡为首都；十岁的次子霍诺利乌斯统治讲拉丁语的西罗马帝国，以拉韦纳为首都。从此，象征东西分治的"双头鹰"便成为帝国徽章。

034

永恒不再

罗马千年诩永恒，西哥一日破坚城。

忠诚统帅遭冤死，愚蠢权臣致祸生。

　　罗马城千百年来从未被外族入侵过，被誉为"永恒之城"，但这个神话在帝国分治不久即被打破。公元 410 年 8 月，阿拉里克率领西哥特人侵占了罗马城，大火焚烧了三天三夜。原来，西罗马统帅斯提里科因系蛮族出身，遭到元老院谗言伤害，被皇帝霍诺利乌斯下令处决，引起军队内讧，使敌人有了可趁之机。自此，西罗马帝国风雨飘摇，亡国在即。

035

灿烂文化

拉丁字母遍西方，儒略历书传久长。

信众虔诚天主喜，帝王风雅艺旗扬。

古罗马延续一千二百多年，创造出光辉灿烂的文化。在语言文字方面，西方国家使用的字母大都是罗马的拉丁字母，法语、意大利语、西班牙语、葡萄牙语等都直接发源于拉丁语。在历法方面，公历就是以罗马的儒略历为基础制定的。在宗教方面，罗马由排斥到皈依基督教，使之成为世界三大宗教之一。在文学艺术方面，恺撒等帝王本身就是创作高手，罗马的艺术作品深刻地影响了整个世界。

036

蛮族入主

日尔曼逾多瑙界，北匈奴进大欧洲。

西罗马灭蛮王狠，拜占庭危皇帝愁。

罗马人把身材高大、文化落后，包括东哥特、西哥特、法兰克、达尔汪、盎格鲁、撒克逊在内的日尔曼人称为"蛮族"，双方以多瑙河为界，相安无事。后来，被汉朝打败的北匈奴闯入欧洲，先是压迫日尔曼人越过多瑙河，随后也挥师南下罗马。从此，西罗马帝国在日尔曼和北匈奴的双重侵犯下日趋衰落，于公元476年彻底灭亡；史称拜占庭的东罗马帝国，则经常处于蛮族入侵的威胁之下。

037

法兰克王

苏瓦松赢余患灭，西哥特负版图归。

法兰克悍国称霸，克洛维尊王振威。

　　西罗马帝国灭亡后，主要由日尔曼人的西哥特、东哥特、法兰克三大王国取而代之，其中法兰克王国的实力最为强大。公元481年，法兰克人克洛维继承了父亲的王位，五年后率军打赢了苏瓦松战役，歼灭了西罗马残部。后皈依基督教，于公元500年消灭了西哥特王国。最终，克洛维消灭了法兰克的其他势力，建立了墨洛温王朝，以巴黎为都，开始称霸欧洲。

038

光武中兴

周公再世开荒谬，光武中兴续汉朝。

沧海无情天有眼，桑田时变景长娇。

公元8年，被看成"周公再世"的汉室外戚、大司马王莽（公元前45—23）代汉建新，称帝改制，不但没有能挽救西汉末年的败亡危局，反而造成天下大乱。史称光武皇帝的布衣皇族后裔刘秀（公元前5—57）乘势起兵，经过长达十二年的统一战争，最终再次统一中国，定都洛阳，延续汉朝。东汉王朝自此开始，并遂步走向繁荣。

039

三国鼎立

魏蜀吴旗飘乱世，君臣将像耀星河。

三分天下百年战，一剧人间千载歌。

东汉末年，外戚专权，宦官秉政，政治腐败，天灾不断。从公元184年黄巾起义爆发，至公元280年东吴灭亡、天下归晋，中国经历了近一百年的战乱时期。曹魏、蜀汉、东吴三国鼎立，国君、文臣、武将群星灿烂，战争、和平、联盟错综复杂，政治、军事、经济、外交斗争波澜壮阔、充满生机，常引起后人追思。三国故事以其丰富多彩的历史内涵传颂至今，并在世界各地流传。

040

两晋两朝

西晋奢亡东晋立，南朝孱弱北朝兴。

幸萌科举选寒士，更喜胡名尊汉称。

西晋（265—316）浮华奢侈成风，引发两次动乱，短命而亡；东晋（316—420）一度励精图治，但终究没能摆脱世族政治的束缚，走向没落。南朝（420—589）政权更迭频繁，国力衰弱；北朝（386—581）采取了比较正确的政策，相对繁荣强大。对历史影响较大的，主要有萌芽于南梁的科举选人制度（于隋初正式创立），起始于北魏的胡人汉化运动。

第五章

041

丕平献土

丕平宫相欲称王，罗马教廷忧卫皇。

加冕首开神授位，献城尤建众朝堂。

墨洛温王朝晚期，法兰克王国的大权落入宫相丕平
（714—768）之手，而罗马教皇则处于蛮族侵扰之中。公元
751年，教皇派特使为丕平加冕为王，建立了加洛林王朝，
开创了君权神授的先例。丕平则于公元754年、756年两度
出兵意大利，将从蛮族手中夺回的土地和城市献给教皇。
从此，意大利中部出现了政教合一的教皇国，罗马城里建
起了供天下基督信众朝圣的大教堂。

042

查理称帝

开疆拓土效先祖，崇教兴文益后人。

罗马复名神圣号，国王称帝教权伸。

公元 768 年，查理（742—814）从父亲丕平手中接过王位，学习恺撒南征北战，建立了庞大帝国，并大力发展文化教育事业，被后世尊称为"欧洲之父"。公元 800 年，查理由受他保护的教皇加冕为"罗马人的皇帝"，法兰克王国变为"神圣罗马帝国"，教权开始和王权共同统治欧洲。公元 843 年，查理的三个孙子将帝国领土一分为三，也就是后来的法兰西、意大利、德意志三国。

043

骑士精神

骑士精神绅士魂，忠君侍卫效君人。

虔遵女士优先范，甘献公开决斗身。

公元 800 年，法兰克国王查理被教皇加冕为帝，十二名跟随其冲锋陷阵的勇士被人们称为圣骑士，骑士精神由此起源。骑士出身于采邑制的贵族家庭，从小就被送到比自家高一等级的领主那里做侍卫、学礼仪，逐步培养起以个人身份优越感为基础的骑士精神，包括荣誉、效忠、护教、行侠和崇尚女性等，"绅士风度"、"女士优先"、"公开决斗"等欧洲贵族文化都源于骑士精神。

044

诺曼征服

滔滔海水分兄弟，代代先民隔雾茫。

诺曼强当英岛主，威廉反觑法兰王。

　　法兰西人与英吉利人的祖先分别是日尔曼民族的法兰克人和盎格鲁－撒克逊人，他们长期隔海峡而居。1066年，法国的诺曼底公爵威廉，趁英国内讧，渡海进攻，打败英国，加冕为英吉利国王兼诺曼底公爵，建立了诺曼王朝。从此，英国的封建化进程加快，并再次融入欧洲大陆。但威廉国王及其继任者一直觊觎着法国的领土与王位，这是后来引发英法百年战争的一个重要原因。

045

登霄领命

天使陪同天马飞，月明出动月消归。

登霄七重先知示，领命五祈真主晖。

据《古兰经》经文，先知穆罕默德（约 570—632）在迁徙前某夜，由天使吉卜利勒陪同，从麦加禁寺乘天马卜拉格至耶路撒冷远寺，从那里登霄，遨游七重天，见到了古代先知，并从真主安拉那里领命，每日举行 5 次礼拜，黎明返回麦加，将礼拜朝向定为耶路撒冷远寺。这一传说，意味着穆罕默德将传教对象由麦加扩大到整个阿拉伯半岛，在伊斯兰教史上具有重要意义。

046

阿拉伯兴

真主剑锋平半岛，古兰经颂盖中东。

阿拉伯字传天下，哈里发旗扬远空。

　　穆罕默德去世后，他的岳父伯克尔继承了他的事业，
称"哈里发"，即"先知的继承者"。伯克尔进一步统一阿
拉伯半岛，于公元634年命令号称"真主之剑"的大将哈
立德率军攻占了东罗马帝国的富庶行省叙利亚，接着又乘
胜进军小亚细亚。公元661年，阿拉伯帝国正式形成，首
都由麦地那迁至大马士革。以后，又大举向北、东、西三
个方向扩张，建成了地跨亚非欧的强大帝国。

047

千零一夜

天方遥远夜谭迷，魔鬼凶残渔叟嬉。

相女智言王解妒，穆民巧颂世称奇。

　　《一千零一夜》即《天方夜谭》，是风靡世界的阿拉伯民间故事集。相传古代有一国王生性残暴嫉妒，因王后行为不端将其杀死。此后每日娶一少女，翌日晨即杀掉，以示报复。宰相的女儿为拯救无辜的女子，自愿嫁给国王，用讲故事的方法吸引他。每夜讲到最精彩处，天刚好亮了，使国王爱不忍杀。她讲了一千零一夜，国王终于被感动，与她白头偕老。"魔鬼与渔翁"是她讲的一个故事。

048

隋亡唐立

亡隋炀帝役多殇，乱世英雄起四方。

瓦岗军兴招义士，晋阳兵反立唐皇。

隋朝（581—618）末年，炀帝杨广（569—618）滥用国力，造成"天下死于役"的惨象，民不聊生，叛乱四起。唐国公李渊（566—635）审时度势，及时在晋阳起兵，利用瓦岗军的倒隋成果和人才队伍，结束了军阀混战的局面，建立了唐朝（618—907），成为开国皇帝。唐朝继承了隋朝诸多制度，成为中国历史上空前强大的帝国。

049

大唐盛衰

高祖顺时基大业，太宗从谏治贞观。

开元极盛李仙叹，天宝惊衰杜圣寒。

　　唐朝前盛后衰，亡于藩镇。高祖李渊顺应时势，奠定了大业之基。太宗李世民（599—649）从谏如流，开创了贞观之治。玄宗李隆基（685—762）先励精图治，促成了开元盛世；后怠慢朝政，导致了天宝之乱。诗仙李白（701—762）和诗圣杜甫（712—770）生活在那个年代，亲身感受了唐朝盛极而衰的历史过程，创作了大量发人深省的诗歌。

050

五代十国

五代中原如走马，十国边际似飘灯。

有心藩镇离难灭，无力枢机裂易生。

　　五代十国（907—979）是唐朝灭亡后到宋朝建立前的历史时期，是唐朝藩镇割据的延续。五代是指后梁、后唐、后晋、后汉、后周五个依次更替的中原朝廷，十国是指中原之外存在过的前蜀、后蜀、吴、南唐、吴越、闽、楚、南汉、荆南、北汉十个割据政权。这一时期的统治者多重武轻文，时常发生叛变夺位。频繁的内乱，带给契丹南侵的机会，河西逐渐离心，交趾最终独立。

第六章

051

基辅罗斯

基辅教宗东正牧，罗斯人主北欧王。

邀强聚力威名振，改信别蛮豪气扬。

公元 862 年，生活在今天俄罗斯境内的斯拉夫人为了改变部落争斗的局面，主动邀请北欧海盗头领留里克来诺夫哥罗德统治他们，使之成为斯拉夫人的第一个王，即大公。留里克死后，由同样是北欧海盗的奥列格接任。他率军南下，攻下基辅，建立了基辅罗斯。为了摆脱"蛮名"，基辅罗斯后来又主动放弃自然崇拜，选择教宗为牧首的东正教作为国教，实力逐步强大起来。

052

大化革新

东瀛世代奉天皇，苏我独专遮太阳。

刺鹿颁行新政顺，仿唐造就大和强。

在皇极女天皇时期，岛国日本的大权落入奴隶主大贵族苏我虾夷、苏我入鹿父子手中。公元 645 年，革新派发动宫廷政变，刺杀入鹿，逼死虾夷，效仿中国定年号为"大化"。公元 646 年，新登基的孝德天皇颁布《改新之诏》，以唐朝律令制度为蓝本，参酌日本旧习，从政治、经济到军事进行了全面改革。大化革新完善了日本的封建制度，奠定了国家发展方向，解放了生产力。

053

王教争权

国王任性教皇狂，格列绝罚亨利慌。

请罪卡城施缓计，进军罗马示申张。

　　法兰克王国一分为三后，国王与教皇的关系由合作逐步转向争权，德意志国王亨利四世（1056—1106）与教皇格列高利七世（约1020—1085）的斗争尤为激烈。从1075年亨利任命主教开始，到格列高利宣布绝罚亨利，再到亨利去卡诺莎城堡请罪，后于1084年带兵进占罗马、废黜教皇并加冕为神圣罗马皇帝。王权与教权的斗争持续到1122年，以双方互相妥协而告一段落。

054

新城出现

古城毁尽新城起，集市盘活街市兴。

筑堡拓濠防匪患，竞争淘汰梦输赢。

　　西罗马帝国灭亡后，西欧的古代城市在蛮族破坏下大都成为废墟，少数被改建为国王或主教的城堡驻地。随着生产力的发展，手工业从农业中独立出来，集市贸易蓬勃兴起，新的城市也如雨后春笋般地发展起来，给逃亡奴隶、破产农民、手工业者和商人富豪等都提供了追梦的舞台。到12世纪，出现了像意大利的佛罗伦萨、米兰、威尼斯和法国的巴黎等人口10万且具有防御功能的欧洲城市。

055

大学兴起

教会牢牢锁校门，欧洲代代育盲人。

东风吹醒大学梦，西地复萌文化春。

　　中世纪的欧洲，教会笃信"不学无术是信仰虔诚之母"，大肆推行愚民政策，导致上至王公贵族、下至黎民百姓，普遍目不识丁。随着阿拉伯帝国扩张和拜占庭文明西渐，东方文化打开了教会垄断的缺口，人们才知道世界上除了上帝，还有文学、艺术和科学。11世纪末，意大利出现了波伦亚大学。12世纪，法国巴黎大学、英国牛津大学相继诞生。到15世纪，欧洲已有40多所大学。

056

十字军污

十字军旗十字污，九回圣战九回输。

东征留下千年耻，西返捎回百载苏。

十字军东征（1096—1291），是以收复圣地耶路撒冷为名，由西欧的罗马教廷、封建领主和骑士对地中海东岸国家发动的九次"圣战"，总体上均以失败告终。十字军对穆斯林、犹太人实行了惨绝人寰的烧杀抢掠，甚至使同属基督教的君士坦丁堡变成了尸山火海。十字军东征属于天主教的暴行，但也使西欧接触到了当时更为先进的伊斯兰和拜占庭文明，为后来的文艺复兴开辟了道路。

057

百年战争

英伦君主法兰臣，觊土王公争位人。

力尽百年输抗战，临危一女救亡沦。

　　英法百年战争（1337—1453），起源于诺曼征服后的英国国王同时属于法国贵族的双重身份。每当法国出现领地、王位之争，英国国王都认为自己拥有继承权，总是以武力介入。1428 年，英军和勃艮第包围了奥尔良，法国亡国在即，圣女贞德（1412—1431）指挥法军于 1429 年击败英军，扭转了整个战局。最终法国把王位战争变成了卫国战争，取得了全面胜利。

058

大宋遗问

学盛文兴朝仅有，人繁物茂世前茅。

缘何皇帝双遭掳，更况天廷两覆巢？

　　宋朝（960—1279），为后周大将赵匡胤（927—976）所建。初期实行兵将分离、重文轻武政策，抑止了藩镇割据，却埋下了积弱难返的祸根。政治较开明，文化、教育与科学繁荣发展，经济与人口总量均为各朝和世界第一。但就在这样一个黄金时期，却发生了徽宗、钦宗二帝与后妃被掳受辱，北宋、南宋两朝先后被女真、蒙古侵略覆亡的悲惨事件，教训极为深刻。

059

辽金主北

耶律完颜生太祖，保机骨打立皇旌。

内书北地辽金史，外振契丹华夏名。

宋朝建立前后，中国北方先后出现过两个强大的少数民族政权辽（907—1125）和金（1115—1234）。辽为契丹部的耶律阿保机所建，史称辽太祖。金为女真部的完颜阿骨打所建，史称金太祖。辽、金与宋都是先合作、后战争，以宋败割地赔银而告停。最终，金灭辽、北宋，元、南宋灭金，元灭南宋。中国视辽、金为北方的两个朝代，俄罗斯等国则一直称中国为契丹。

060

成吉思汗

蒙古疾风扫亚欧，天骄驭力盖寰球。

马皇在世应尊上，法帝当年也认羞。

　　成吉思汗（1162—1227），蒙古帝国可汗，元太祖，世
界史上杰出的政治家、军事家，被称为"一代天骄"。1206
年建国称帝，多次发动对外战争，征服地域东至朝鲜、西
达黑海。史学界对他的评价争议颇大，但都认为他是历史
上最伟大的组织家暨军事家之一，在政治上和战场上取得
的成就很少有人能比，即使是马其顿皇帝亚历山大也应在
其下，法兰西皇帝拿破仑也曾说过自己不如他。

第七章

061

吴哥宝窟

吴哥城外吴哥寺，毗湿殿中毗湿奴。

巨垒人间朝圣塔，细雕天上拜神图。

12世纪中至13世纪初，东南亚的真腊国王苏耶跋摩二世（1113—1150在位）和阇耶跋摩七世（1181—约1219）先后修建了国寺吴哥窟和国都吴哥城。吴哥窟本为印度教的毗湿奴神殿，供奉毗湿奴神，后来发展成为佛教朝圣中心。其巨大的叠层须弥台和密檐石塔群是高棉古典艺术的巅峰，以建筑宏伟与浮雕细致闻名于世，体积是埃及金字塔的十倍，是世界上最大的庙宇。

062

莫斯科反

金帐汗挑收贡人，莫斯科扮顺心臣。

择机独立驱蒙将，布阵伏埋赢战神。

1242 年，蒙古铁骑击败基辅罗斯，建立了金帐汗国。为了方便，他们在俄罗斯各公国中挑选一名王公，代表其征收贡赋。莫斯科大公通过贿赂蒙古上层，当上了全俄大公。到季米特里（1358—1389 在位）接任时，莫斯科公国已经十分强大。他选择金帐汗国内讧的有利时机宣布独立，于 1380 年在库里科沃设伏大败蒙古骑兵，打破了其不可战胜的神话，俄罗斯逐步走向统一。

063

奥斯曼兴

奥斯曼聚卡伊力，乌尔汗成骑海酋。

土耳其圆欧陆梦，东罗马惧版图流。

13世纪，中亚突厥部落的一支为躲避蒙古铁骑，迁至小亚细亚，改信伊斯兰教，称土耳其（突厥的转音）。卡伊酋长国首领奥斯曼（1281—1326在位）经过20年养精蓄锐，率军向拜占庭帝国开战，统一了土耳其，建立了后来地跨欧亚非的奥斯曼帝国。他的儿子乌尔汗（1326—1360在位）继位后，于1354年率军渡过达达尼尔海峡，登上了欧洲大陆，东罗马帝国亡国在即。

064

拜占庭亡

罗马千年拜占庭，帝王百代政安宁。

伊斯坦布新称叫，君士坦丁原号停。

　　1453 年，奥斯曼帝国攻入君士坦丁堡，将其改名为伊斯坦布尔，罗马人建立的拜占庭帝国（395—1453）宣告灭亡。拜占庭帝国是古代和中世纪欧洲历史最悠久的君主制国家，存在上千年，历经 12 个朝代 93 位皇帝。拜占庭帝国将城市和土地让给土耳其人，将文字和宗教传给斯拉夫人，将希腊、罗马的古典文化留给意大利人，在与东方国家的经济文化交流中发挥了桥梁作用。

065

玛雅文明

玛雅先人源亚洲，横穿白令未回头。

创开鼎盛繁华世，留下难明毁灭由。

大约两三万年前，亚洲一些蒙古人部落穿越白令海峡来到美洲，被称为印第安人。在与亚非欧古代文明隔绝的条件下，这些先民独立创造了美洲古代印第安文明。中美洲的玛雅文明是其杰出代表，在建筑、雕刻、文字、历法、农业等方面取得很大成就，于公元3至9世纪达到鼎盛。令人惊奇的是，在西班牙人入侵美洲前600多年的公元9世纪末，玛雅文明突然中断和消亡，留下千古之谜。

066

阿兹特克

湖心岛上建都门，金字塔端祈战神。

城媲世间超大市，集容天下顶多人。

　　阿兹特克文明是美洲古代印第安文明的一部分，先民原为北方狩猎民族，后来进入墨西哥谷地，在一个湖泊的岛上建立了首都特诺奇蒂特兰城，祭奉战神的平顶金字塔是其标志性建筑。14 至 16 世纪达到鼎盛，人口最多时全国 600 万人，首都 30 万人，最大集市能容纳 6 万人，可媲美当时世界上的超大城市。1521 年西班牙人将特诺奇蒂特兰城彻底毁坏，后在其废墟上建立了墨西哥城。

067

印加帝国

库斯科谷印加首，卡帕克贤金杖魂。

神庙恢弘奇谱妙，版图广阔帝王尊。

印加帝国是 11 至 16 世纪位于南美洲的古代印第安帝国。传说印加帝国的首位国王卡帕克是一位贤明的青年，他和妻子按照神授金杖的指引，将位于安第斯山高原的库斯科谷地定为首都，创建了国家。印加人在此修建了雄伟的神庙，创造了被称为"奇谱"的结绳记事法，建设了以长 5600 公里和 4000 公里的两条国道为主线的道路网，人口高达 1200 万人。1533 年亡于西班牙人的入侵。

068

航海发现

哥伦冒险麦哲尤，横渡汪洋操巨舟。

发现美洲新大陆，证明世界本圆球。

　　从 15 世纪开始，欧洲进入大航海时代。影响最大的是 1492 年至 1502 年哥伦布四次横渡大西洋发现美洲新大陆，1519 年至 1521 年麦哲伦首次完成环球航行。地理大发现源自于人类对未知世界的想往，得益于欧洲航海技术的发展，与西班牙、葡萄牙等海上强国对殖民地和寻金热的渴望、基督教对传教的热情混杂在一起，给以美洲为代表的殖民地人民带来了灭顶之灾。

069

元明教训

胡赢华夏元开首，汉御天朝明了局。

压迫过头民必反，松弛失度稷恒虚。

元朝（1271—1368）为成吉思汗的孙子忽必烈（1215—1294）所建，是中国历史上第一个由少数民族建立的大一统帝国。疆域空前广阔，民族压迫深重，后期统治腐败，亡于农民起义。明朝（1368—1644）为农民领袖朱元璋（1328—1398）所建，是中国历史上最后一个由汉族建立的封建王朝。初期皇帝勤勉，吏治严酷，后期政纪松弛，病入膏肓，同样亡于农民起义。

070

郑和之问

一承圣旨出华夏，七下西洋通亚非。

难道宣威皆错举，莫非掠地尽功碑？

郑和（1371—1433），明朝伟大的航海家。1405 年至 1433 年，郑和奉明成祖朱棣（1360—1424）之命，率领庞大船队七下西洋，开通了亚非航线，足迹遍及 30 多个国家，完成了人类历史上的伟大壮举。郑和下西洋主要是为了宣扬明朝国威，加强对外交往，未像后来的欧洲探险家那样杀人放火、开疆拓土，由此被西方学界讥为"落后"。孰是孰非，历史发展将是最好的注脚。

第八章

071

文艺复兴

佛罗伦萨育天才，前后三杰创未来。

文艺复兴人性烁，欧洲酿变喜局开。

　　13世纪末至14世纪初，欧洲进入文艺复兴时代，意大利的佛罗伦萨是其发源地。文艺复兴的"前三杰"但丁、彼特拉克、薄伽丘三大文豪和"后三杰"达·芬奇、米开朗琪罗、拉斐尔三大美圣都出自该城。文艺复兴初期在意大利各城市兴起，最后扩展到西欧各国。文艺复兴高扬维护人性尊严的人文主义旗帜，反对愚昧迷信的神学思想，带动了科学与艺术革命，揭开了近代欧洲历史的序幕。

072

天文革命

哥白尼创日心说，伽利略兴天体科。

捍卫真知迎苦难，探源宇宙溯先河。

　　中世纪的欧洲，教会从地球是上帝创造的理念出发，把"地心说"奉为经典而不容置疑。文艺复兴时代的科学家们打破了这一禁忌，哥白尼（1473—1543）提出了"日心说"，伽利略（1564—1642）通过发明望远镜观测天体取得大量成果，但都被视为异端邪说而屡遭打击，布鲁诺（1548—1600）甚至为此而被烧死。他们至死不渝地坚持探索宇宙奥秘，开了天文革命的先河。

073

宗教改革

罗马强销赎罪券，路德怒写谴欺书。

圣功简化信称义，宗教改革新解初。

　　1517 年，罗马教廷派人四出强行推销"赎罪券"，德国神学家马丁·路德（1483—1546）贴出揭穿这一骗局的公告，拉开了宗教改革的帷幕。他根据圣经中的因信称义思想，主张人们只要因为信仰虔诚，就可得到上帝救赎称为义人，而不必依靠教会做极其繁琐的圣功。这就重新解释了对原罪最初的认识，使灵魂得救成为个人的事情，给人以精神的自由，基督教新教路德宗由此而诞生。

074

圈地运动

养羊利巨种粮微，圈地欲狂营牧肥。

无路游民激愤起，有招豪贵乱行飞。

从 15 世纪开始，随着海外贸易扩大，人们对呢绒的需求日益增加，羊毛价格不断上涨。英国贵族开始大量把农田圈为牧场，造成大批失地农民流离失所，沦为乞丐，社会秩序大乱。英国国王先是下令贵族停止圈地未果，继而对流浪人群大下狠手，终于在 1549 年夏引发了大规模的农民起义。起义虽然失败了，但对显示民众力量、遏制圈地运动、减少"羊吃人"现象，发挥了重要作用。

075

血腥殖民

杀人放火霸航道，掠地攫金毁庙堂。

设骗迷魂藏罪欲，贩奴盗宝丧天良。

　　15 世纪的地理大发现，催生了一批欧洲殖民帝国。它们凭借先进武器装备，侵占了比本土大几十倍甚至上百倍的土地，过程充满血腥。葡萄牙通过杀人放火，霸占了亚欧航道；西班牙采取欺骗加屠戮的手段，毁灭了阿兹特克和印加帝国，杀害了 1200 万美洲印第安人；英国将 1000 万黑人像牲口一样贩卖到美洲为奴，非洲因此而损失的人口超过 1 亿。他们盗取的财宝数额巨大，血迹斑斑。

076

莫卧儿朝

莫卧儿朝蒙古王，巴卑尔创子孙煌。

皇家礼拜清真寺，百姓虔尊祭祀堂。

莫卧儿王朝是 1526 年至 1857 年统治南亚次大陆的封建王朝。15 世纪末，中亚的帖木儿帝国分裂，具有突厥血统的蒙古王公巴卑尔率军南下占领阿富汗，于 1526 年进入印度北部，建立了莫卧儿王朝，其后代有所建树，国势日盛。长期实行宽松的宗教政策，上层信奉伊斯兰教，民众多数信仰印度教，社会较安宁。但后期有所改变，造成国家分裂。1858 年，亡于西方殖民者的炮口之下。

077

伊凡雷帝

名承恺撒号沙皇，诞响惊雷帝代王。

攻占喀山夺海口，惩完豪贵整儿郎。

伊凡四世（1530—1584），俄罗斯帝国首位沙皇。3 岁即位大公，17 岁亲政称帝，将"恺撒"的俄语发音"沙皇"定为其称号。出生时惊雷震天，从小就性格残暴，被称为"伊凡雷帝"。在位时征战无数，灭掉强大的喀山汗国，使许多民族归顺俄罗斯，长期与北欧诸国争夺出海口。对内实行特辖制，惩治大贵族，晚年在暴怒中失手杀死长子。一生成就非凡，使俄罗斯挤入欧洲强国之林。

078

低地革命

依洋促贸兴低地，暴敛横征生乱端。

出海入林当武丐，结盟联省立荷兰。

从 1566 年起，欧洲暴发了尼德兰革命。"尼德兰"是荷兰语"低地"的意思，紧靠大西洋，贸易发达，经济繁荣，西班牙统治者在那里横征暴敛，无恶不做。人们被逼无奈，纷纷拿起武器，组织起号称"海上乞丐"和"森林乞丐"的游击队，专门袭击西班牙商船和人员。通过结盟联省，低地人民迫使西班牙统治者妥协让步，在北部建立了荷兰共和国，后来又在南部形成了比利时和卢森堡。

079

抗击倭寇

倭寇猖狂海盗残，继光严谨大猷宽。

军民携手齐参战，水陆联防固治安。

倭寇，是 14 至 16 世纪侵扰劫掠中国和朝鲜沿海地区的日本海盗。其抢掠对象并不只是船只，而是陆上城市。明嘉靖年间，倭寇在山东、南直隶、浙江、福建、广东沿海大肆烧杀掳掠，仅江浙一带民众被杀者就高达数十万人。在抗倭名将戚继光、俞大猷等领导下，中国沿海军民联手奋战，海陆兼济，抗击倭寇。经过十几年的努力，东南沿海的倭寇基本荡平，社会治安得到根本改善。

080

大顺清廷

大顺进京难大顺，清廷入主不清廷。

骄淫自古帝亡命，屠戮从来政丧灵。

1644 年，闯王李自成建立大顺王朝（1644—1646），率军攻入北京，自己过上皇帝生活，对部下也十分放纵。起义军迅速腐败，仅仅待了 41 天即被逐出北京。满洲人建立的大清王朝（1616—1911）进关入京，初期对汉人采取屠城政策，引起强烈反抗。后以怀柔为主，才使政权站稳脚跟，成为中国历史上第二个由少数民族建立的统一政权，也是最后一个封建王朝。

第九章

081

无敌舰队

无敌舰队驶英伦，有备艇群迎巨轮。

船大难赢船小巧，海狮怎斗海狼神。

1587 年，英国女王伊丽莎白一世（1533—1603）处死了被其软禁的苏格兰女王玛丽。西班牙对英宣战，扩编了当时世界上最强大的"无敌舰队"，向英国进发。英国则以海盗出身的豪金斯为统帅，以海盗船为主体，充分发挥船小机动快、炮细射程远和雾大好隐蔽等优势，彻底战胜了船大、炮巨、人多的"无敌舰队"。此战促使英国走上了称霸世界的道路，成为亘古未有的海洋大帝国。

082

长期国会

长期国会十三载，大抗议书双百条。

查理终临头断运，英伦暂入共和朝。

1640年，重新开会仅3周的英国国会因抨击国王查理一世（1600—1649）的暴政，又被解散。在群众示威和武装起义倒逼之下，查理一世只得再次下令召开国会。这一开竟长达13年之久，史称"长期国会"。1641年，国会通过了包含204条内容的"大抗议书"，遭到国王武力镇压。经过两次内战，国会军打败了国王军，查理一世被送上断头台，存在时间不长的英吉利共和国诞生了。

083

克伦威尔

克伦威尔赢多役，大不列颠成整邦。

行伍人充新议会，护国主代旧君王。

克伦威尔（1599—1658），英国资产阶级革命家、政治家、军事家。本为国会议员，在17世纪资产阶级革命中担任国会军统帅，取得了两次内战的胜利，于1649年处死国王查理一世，宣布成立共和国。接着又率军征服爱尔兰和苏格兰，统一了大不列颠群岛。1653年，他解散国会，建立军官议会，出台施政文件，自任可以世袭的"护国主"，实行独裁统治，成为不是国王的国王。

084

光荣革命

光荣革命创新制，政治妥协修旧根。

托利辉格双党主，威廉玛丽两王尊。

克伦威尔死后，查理一世的儿子查理二世和詹姆士二世先后被保王党人立为英国国王，展开了疯狂的报复活动。1688年，支持国会的托利党人与辉格党人废黜詹姆士二世王位，邀请其女婿、荷兰奥兰治执政威廉和女儿玛丽带兵进入英国，被立为国王和女王。国会与国王近半个世纪的斗争通过这场没有流血的"光荣革命"宣告结束，作为政治妥协产物的君主立宪制在英国逐渐建立起来。

085

科学发现

二圣探明双域律，众星研创数名机。

科学发现如泉涌，劳力多余欲溃堤。

从 17 世纪开始，英国成为科学发现的中心。牛顿于 1688 年揭示了万有引力和三大运动定律，被称为物理学之圣；亚当·斯密于 1776 年揭示了财富产生的奥秘，被称为经济学之圣。科学发现带动了技术发明，哈格里夫斯于 1764 年研制了纺纱机，瓦特于 1776 年制造出蒸汽机，斯蒂芬森于 1825 年设计成铁路机车。科学发现和技术发明提高了劳动生产率，却始料不及地造成了工人失业问题。

086

彼得大帝

潜欧游历学欧化，临海迁都促海兴。

大帝功勋千古赞，强俄霸业四方惊。

　　彼得一世（1672—1725），俄罗斯帝国第四代沙皇，著名统帅。为了改变俄国的落后局面，1697 年他以一个下士的身份率团到西欧作了一次长途旅行。1698 年回国，确定了国家"欧洲化"的发展方向。为了临海近欧，迁都芬兰湾畔，建立了一支强大的海军。他采取的全面改革举措带来了长远的影响，为俄罗斯依陆向海、称霸欧亚打下了坚实基础，被尊为俄国最杰出的沙皇大帝。

087

女皇治俄

德挑仕女俄挑后，夫变昏君妻变皇。

削土灭波赢瑞典，习文精武铸强邦。

叶卡捷琳娜二世（1729—1796），俄国女皇，唯一与彼得一世同样获得大帝名号但非议颇多的沙皇。她是德国公爵之女，在普鲁士国王安排下随母来到俄国，嫁给了皇储彼得三世。从此，她皈依东正教，刻苦学俄语，1762年依靠心腹奥尔洛夫兄弟发动宫廷政变，废黜了昏庸的丈夫彼得三世的皇位，登基称帝。在位期间，出兵打败土耳其，灭掉波兰，战胜瑞典，使俄国进一步强大起来。

088

反抗沙皇

普加起义震全俄，月党捐躯积怨河。

烈火源深难泯灭，农奴制弊更沉疴。

　　尽管历代沙皇采取了一系列富国强兵措施，但作为俄罗斯国家基础的封建农奴制度难以撼动，社会矛盾日趋尖锐。终于在 1773 年，爆发了普加乔夫（约 1742—1775）领导的席卷广大地区的农民起义；1825 年，爆发了具有民主主义思想的贵族军官举行的十二月党人起义。两次起义虽然都失败了，但均沉重打击了沙皇的专制统治，埋下了难灭的革命火种，推进了俄国政治现代化进程。

089

康乾盛世

康熙仁厚创基业，雍正严苛治痼疾。

忧看乾隆极盛世，患留嘉道速衰期。

　　康乾盛世，中国封建社会最后一个盛世，起于为政宽仁的康熙帝（1654—1722），继于吏治严苛的雍正帝（1678—1735），止于盛极而衰的乾隆帝（1711—1799）。清朝在此期间疆域辽阔，社会稳定，经济快速发展，人口增长迅速。但因制度僵化，闭关锁国，经济社会发展只有量的增加而没有质的改变，成了中国封建社会的回光返照，为嘉庆、道光年间的迅速衰退埋下了伏笔。

090

鸦片战争

鸦片殃华白骨堆，虎门除祸罪行追。

无能清帝再三让，有恃英军变本摧。

1839 年，为了打击英国商人日益猖獗的鸦片走私，林则徐（1785—1850）在广东虎门强行销烟。1840 年，鸦片战争爆发，英国远征军封锁广州、厦门等地海口，攻占浙江定海，抵达天津大沽。清道光帝（1782—1850）再三退让，赔礼道歉；英军则变本加厉，摧我国门。由于战略失误、武器落后等原因，战争以清军失败，割让香港、赔款丧权而告终，中国步入半殖民地半封建社会。

第十章

091

五月花号

五月花乘清教徒，百人命系自由夫。

公约签署蕴新念，北美殖民绘彩图。

1620 年 9 月 6 日，五月花号盖伦船满载遭受宗教迫害，包括妇幼和契约奴在内的 102 名清教徒，由英国普利茅斯出发，于 11 月 21 日到达北美科德角登陆，建立了第一块英国殖民地。为了平息航行中积累的纠纷和上岸后建立自治政府，船上 41 名自由成年男子签署了五月花号公约，强调人民可以根据自己的意愿决定自治管理的方式。以后诞生的美国及其宪法，源头均可追溯至五月花号。

092

列克星敦

列克星敦鸣首枪，印花税火毁朝纲。

隔洋治美原非法，合众联邦本正当。

列克星敦，马萨诸塞州一小镇。1775 年 4 月 19 日，美国独立战争第一枪在这里打响。引发此战的导火索，是英国把日趋繁荣的北美殖民地当作其提款机，不断巧立名目，横征暴敛，民众稍有不从，即遭残酷镇压，以至强征印花税时，遭到暴力抗税。前来镇压的英军与武装起来的民兵在列克星敦首次发生激战，标志着北美殖民地人民反对英国统治、争取国家独立的民族解放战争爆发。

093

美国独立

费城三会定纲领，北美双贤启后人。

华盛顿圆独立梦，杰弗逊赋建国魂。

1776 年 7 月 4 日，美利坚合众国宣告独立，有一城二人永载史册。费城，两次大陆会议、一次制宪会议的召开地，独立宣言和联邦宪法的诞生地。华盛顿（1732—1799），独立战争中的大陆军总司令，被尊为国父的首任总统；杰弗逊（1743—1826），独立宣言起草人，提出主权在民思想的第三任总统。两人均在任满两届后自愿放弃权力，从此形成惯例，被赞为美国最伟大的总统。

094

启蒙运动

英伦繁盛法兰寒，旧制途穷新路宽。

民主潮兴催地覆，启蒙风起促天翻。

　　启蒙运动，是18世纪发生在欧洲的反封建、反教会的思想解放运动，法国是其中心。英国繁荣与法国落后的强烈对比，使一批社会精英首先觉醒。伏尔泰（1694—1778）提出天赋人权思想，孟德斯鸠（1689—1755）创立三权分立学说，狄德罗（1713—1784）坚持社会契约主张，卢梭（1712—1778）认为私有制是不平等的根源——启蒙运动为法国大革命做了思想准备。

095

法国革命

巴士底开民沸怨，断头台竖帝亡魂。

吉伦特软同盟反，雅各宾狂热月吞。

1789 年 7 月 14 日，法国大革命爆发，巴黎人民首次起义，攻占了象征封建统治的巴士底狱。1791 年，国王路易十六乔装出逃被识破押回，制宪议会主张君主立宪。1792 年，巴黎人民再次起义，逮捕路易十六，宣布成立共和国。1793 年，路易十六被送上断头台，当权的吉伦特派在内外敌人武装干涉面前表现软弱，巴黎人民第三次起义，雅各宾派掌权，实行恐怖专政，次年又被热月派推翻。

096

马赛曲昂

马赛曲昂赢色当，联军梦噩败前方。

国歌提振法兰气，勇士彪辉青史光。

　　法国大革命引起欧洲各国王室的普遍恐慌，在路易十六密信邀请和情报策应下，普鲁士、奥地利联军前来镇压革命。1792 年，法国政府发布"祖国在危险中"的法令，号召各地人民拿起武器，投入战斗。青年军官李尔目睹马赛人民欢送义勇军出征保卫巴黎的动人情景，谱写了这曲战歌。马赛曲鼓舞未经训练的法国青年志愿军，在色当与敌决战，扭转了战局。后来，该曲被定为法国国歌。

097

普鲁士王

乐爱音迷一子虔，文韬武略两才全。

雄居德意志王首，争霸欧罗巴帝巅。

腓特烈二世（1712—1786），普鲁士国王，史称弗里德里希大帝。自幼酷爱音乐，喜欢吹笛作曲，但遭到父王威廉的强烈反对，对其进行了斯巴达式军事教育。即位后励精图志，成为欧洲历史上最伟大的统帅之一，在政治、经济、哲学、法律、音乐诸多方面都颇有建树。统治时期普鲁士军事大规模发展，领土扩张，商业发达，文化繁荣，从一个小邦国壮大成为德国霸主、欧洲强国。

098

拿破仑帝

千古战神拿破仑，一生戎马法兰春。

前赢革命顺时早，后负扩张违势深。

法国大革命中，一个新的政治明星拿破仑（1769—1821）应运而生。他因平定保王党人叛乱和抗击反法联盟入侵战功卓著，成为军队统帅。1799年，他发动雾月政变，成为法兰西共和国执政。1804年，又通过公民投票，成为法兰西帝国皇帝。他是史上罕见的军事天才，创造了一系列战争奇迹。后期多次对外扩张，战争性质由捍卫革命成果变成侵略别国领土，遭致各国联手抗击而惨败。

099

星光灿烂

思维辩证哲学盛，浪漫现实文艺兴。

军事外交谋略广，政经社会律规清。

18 至 19 世纪，伴随着启蒙运动和社会革命的深入，欧洲国家思想文化领域新潮喷涌，巨星迭出。康德、黑格尔等的哲学思想，巴尔扎克、雨果等的小说，歌德、席勒等的戏剧，拜伦、雪莱等的诗歌，巴赫、莫扎特等的音乐，德拉克洛瓦、库尔贝等的油画，克劳塞维茨等的军事理论，梅涅特等的外交策略，欧文等的社会实验，成就非凡，对欧洲和世界产生了重大而深远的影响。

100

太平天国

金田义树太平旗，烈火亮燃华夏脐。

天下未赢王腐裂，朝纲不举政亡息。

　　鸦片战争以后，清政府为支付战争赔款，加紧搜刮人民，引起强烈反抗。1850年，洪秀全在广西金田打出太平军的义旗，展开了与清朝的武力对抗。1853年，义军攻下金陵，号称天京，建立太平天国。由于战略失误，高层腐化，内讧不断，天朝田亩、资政新篇等纲领从未认真推行，在内外敌人联手镇压下，天国仅仅维持11年就覆灭了，中国历史上最后也是最大的一场农民革命最终归于失败。

第十一章

101

宪章运动

纽波特布排枪阵，普选权呼蹈火人。

工友登台成主角，宪章请愿撼英伦。

1839 年 11 月 4 日，南威尔士矿工举行宪章请愿起义，在纽波特遭到残酷镇压。原来，英国实行君主立宪制后，日益壮大的工人阶级仍然处于无权地位，境况悲惨，从而发起了为自己争取普选权的宪章运动。它作为世界三大工人运动之一，从 1836 年至 1848 年，历时 12 年，掀起 3 次高潮，标志着工人阶级开始作为独立的政治力量登上历史舞台，揭开了同资产阶级争夺政治权力斗争的序幕。

102

伟大战斗

巴士底颠重起义，旧王朝覆又危机。

工人队伍鲜红帜，资产政权三色旗。

1848 年 2 月 22 日，法国二月起义爆发，巴黎人民重新聚集在巴士底广场，烧毁了复辟王朝的王座。资产阶级窃取了革命果实，成立了法兰西第二共和国，继续变相剥削压迫工人。6 月 22 日，六月起义爆发，高举红旗的工人武装与沿用旧三色旗的政府军、别动队展开了持续 4 天的激烈巷战。起义最终被镇压，但它展示了工人武装斗争的力量，被誉为无产阶级与资产阶级的第一次伟大战斗。

103

光辉宣言

马恩巨笔著宣言,共产蓝图绘眼前。

震撼语批资本恶,磅礴气唤世人联。

1848 年 2 月,《共产党宣言》在伦敦问世。它是无产阶级革命导师马克思(1818—1883)和恩格斯(1820—1895)为共产主义者同盟起草的纲领,第一次全面系统地阐述了科学社会主义理论,以震撼的语言、磅礴的气势宣告资产阶级的灭亡和无产阶级的胜利是不可避免的,号召全世界无产者联合起来,推翻资产阶级的统治。这是国际共产主义运动首个纲领性文献,是马克思主义诞生的重要标志。

104

第一国际

波兰起义反沙俄，兄弟声援促整合。

无产者圆国际梦，新章程奏社科歌。

1863 年，波兰爆发了反抗沙俄统治的武装起义，欧洲各国工人阶级纷纷集会声援。为了相互支持配合，英法两国工人代表团首先进行了协调。1864 年，多国工人代表在伦敦成立国际工人联合会，史称第一国际。马克思为该组织起草了宣言和章程，引导其用科学社会主义理论作为指导思想。第一国际将工人运动由一国单打独斗发展成国际联合行动，为在各国建立无产阶级政党奠定了基础。

105

布朗起义

布朗一家献废奴，北南两地显哭途。

绞刑架下英雄死，起义人前民意苏。

1859 年 10 月 16 日，美国发生了试图消灭黑人奴隶制的布朗起义。59 岁的起义领导人布朗负伤后被判处死刑，他的 3 个儿子牺牲在起义战场。原来，布朗出生于一个贫苦的废奴主义白人家庭，从小目击过庄园主对黑奴的残酷镇压，决心为消灭这种不合理的制度而斗争。临上绞刑架前，布朗写下流血废奴的遗言。北方南方很多民众都含泪纪念他，不久便爆发了解放黑奴、维护统一的南北战争。

106

南北战争

黑奴蓄废生歧裂，南北纷争起战烟。

林肯消弥兄弟恨，联邦痛逝伟人贤。

　　独立后的美国，最初分为重点发展工业、主张废奴制
的北方州和基本从事农业、坚持蓄奴制的南方州。1860 年，
倾向解放黑奴的共和党人林肯当选总统。第二年，南方州
宣布脱离联邦，南北战争爆发。1865 年，就在北方即将
获胜之时，主张宽容政敌的林肯却遭到暗杀，全国震惊痛
惜。南北战争维护了国家统一，废除了奴隶制度，扫除了
资本主义发展的障碍，使美国迅速成为工业化强国。

107

加里波第

两流南美书奇史，三骋西欧锻铁军。

矢志统一无自我，献身独立有功勋。

19世纪中叶，席卷意大利的民族解放战争来临，一批杰出人物脱颖而出，其中首推加里波第（1807—1882）。他两次被迫流亡南美，在支持当地国家独立中带出了一支能征善战的红衫军。当祖国需要时，他毅然率军返回西欧，在三次独立战争中指挥若定，多次打败兵力上占优势的敌军，取得辉煌战绩。他不为一己之私拥兵自重，屡遭疑忌矢志不移，为意大利统一做出了巨大的贡献。

108

农奴制废

俄罗斯病国输战，尼古拉羞帝丧魂。

维尔诺出绅改案，废奴令布稷提神。

19世纪中期，落后的封建农奴制使俄罗斯病况力衰。1856年，克里米亚战争失败在即，沙皇尼古拉一世突然死亡，被疑为不堪屈辱而自杀。在内外危机逼迫下，刚登基的亚力山大二世提出要改革农奴制，但遭到各地贵族抵制。1857年，维尔诺省的贵族表示愿意不带土地解放农奴，立即被沙皇以诏书下发全国讨论。1861年，沙皇签署废除农奴制的法令，俄国从此走上了资本主义发展道路。

109

明治维新

德川幕府寿终寝，明治天皇令始行。

脱亚入欧国力涨，维新称霸野心生。

19世纪中期的日本，掌握大权的德川幕府对外实行锁国政策，国力日衰，被美国海军舰艇闯开国门，与列强签署了一系列不平等条约，引起社会各界强烈不满。1868年，继位不久的明治天皇与倒幕派联手，发动宫廷政变，推翻幕府统治，建立君主立宪政体，推行脱亚入欧政策。明治维新使日本迅速崛起，成为亚洲唯一能保持民族独立的国家，但也使其野心大增，走上了对外称霸的道路。

110

火烧圆明

修约计败生邪念，寻衅谋成启战争。

英法火烧皇苑毁，列强瓜裂古国烹。

　　鸦片战争后，西方列强提出要全面修改各项不平等条约，以便攫取更大的特权和利益，遭到清政府拒绝。于是，他们又寻衅滋事，英法两国分别制造了亚罗号和马神甫事件，于1856年发动第二次鸦片战争。英法联军于1857年攻陷广州，1858年侵入天津，1860年进军北京，在皇家御苑圆明园内大肆抢掠并付之一炬。清政府与英法俄美签订了一系列不平等条约，将100万平方公里国土割让俄国。

第十二章

111

海地独立

圣多明各响惊雷，拿破仑军败远绥。

海地黑人国首立，杜桑壮举史长垂。

　　19世纪初，法国殖民地海地爆发大规模暴动，拿破仑派远征军前去镇压。海地当时称法属圣多明各，是个中美洲岛国，居民绝大多数为处境悲惨的黑奴。法军对起义领导人杜桑（1749—1803）用尽威逼利诱手段均未使其屈服，最后以谈判为名将他骗捕，送到法国折磨致死。在海地人民英勇抗击下，法军几乎全军覆没。就在杜桑离世那年，海地成为世界上第一个独立的黑人国家。

112

玻利瓦尔

跪拜圣山宣誓言，起兵小镇势燎原。

建功南美反殖后，立业多国解放前。

　　玻利瓦尔（1783—1830），南美北部地区民族独立战争和整个拉丁美洲反抗殖民统治运动最为杰出的领袖。他出生于委内瑞拉，年轻时曾到意大利跪拜蒙特萨克罗圣山，立下砸碎西班牙压迫锁链的誓言。他指挥70人在一个小镇起兵，几经艰难曲折，最后发展成推动多国解放的军事力量。他与南美南部地区独立运动领导人圣马丁（1778—1850）一道，被授予美洲"解放者"的称号。

113

伊达尔戈

多洛雷斯响吼声，伊达神父聚人城。

未酬壮志成英烈，已亮明灯照路程。

伊达尔戈（1753—1811），墨西哥民族英雄，独立之父。1808 年 9 月 16 日凌晨，在多洛雷斯小镇任神父的伊达尔戈敲响了教堂大钟，号召印第安人起义。他被拥戴为最高统帅，创建军队，成立政权，减免赋税，废除奴隶制，得到广大印第安人的支持。后来，他由于叛徒出卖被俘，英勇牺牲。起义军沿着他开辟的道路，继续与西班牙殖民者斗争，于 1813 年解放墨西哥，建立共和国。

114

埃及运河

好望角航迂万里，苏伊士贯省千时。

埃及白骨镶河道，英法黄金铺库池。

1869 年建成通航的埃及苏伊士运河，为欧洲至亚洲提供了最近的国际水道，比绕好望角至少可以缩短 6000 公里以上的航程和大量的时间。1856 年，法国领事获得埃及总督特许，成立运河公司，以极低的工资雇用了成千上万名埃及民工，自 1859 年起开挖运河，埃及为此付出 12 万人的生命。运河为取得经营权的法国和后来挤进来的英国带来了滚滚财源，也成为列强在此地流血争夺的"肥肉"。

115

印度起义

印度抗英兵士先，章西卫士女王坚。

青春热血洒疆场，月色星光映夜天。

1857 年，印度爆发了反抗英国殖民统治的民族大起义。当时英军中大量雇佣的信仰印度教和伊斯兰教的土著士兵，因对要用牙咬开涂有牛脂和猪油的新子弹包装纸不满，而与殖民当局发生了冲突，最后发展成全国性的起义。在这场斗争中，年仅 22 岁的章西女王拜侬为了保卫国土，让殖民者吃尽苦头。起义于次年被英军以重兵残酷镇压，但它显示了印度民众的力量，留下了可歌可泣的故事。

116

祖鲁战争

南非部落竞神奇，祖鲁男儿数第一。

布尔入侵输阵惨，英伦进犯储君凄。

　　祖鲁人是南非土著部落中最强大的一支，其战士从小习武，以骁勇善战著称。1838 年，荷兰殖民者的后裔布尔人入侵祖鲁，付出惨重代价才得手。后来，祖鲁王国重新崛起，遭到英国殖民者的仇视。1878 年，英军重兵进犯祖鲁，头两个回合就遭到重创，在英军中服役的拿破仑三世的独生子欧仁皇子被杀死，震动欧洲。由于力量对比悬殊，祖鲁最终战败，国土被分割，沦为英国殖民地。

117

铁血首相

普鲁士强凭铁血，俾斯麦胜仗权谋。

领航德舰奥皇惧，称霸欧峰法帝愁。

19世纪后期，普鲁士以"铁与血"统一了长期分裂的德国，其宰相俾斯麦（1815—1898）起到重要作用。他是"铁血政策"的制定者，为人阴险，善用权谋，辅佐国王威廉一世于1866年击败保留有神圣罗马帝国称号的奥地利，成为"德国的领航者"；于1870年击败法兰西第二帝国，使德意志帝国称霸欧洲大陆。受他影响，统一后的德国实力与野心并长，最终成为世界战争的策源地。

118

兵败色当

波拿虽姓少才干，帝号唯名缺悍强。

兵败色当人被虏，国逢厄运众遭殃。

1870年9月，法国兵败色当，皇帝拿破仑三世（1808—1873）亲率10万法军向普鲁士投降，成为俘虏。拿破仑三世是拿破仑一世的侄子，1848年在广大农民支持下当选总统，上台后不但没有给农民实惠，反而强征新税，并于1851年发动政变，登基称帝。他虽沿袭了叔叔的姓和号，却缺少才干，武断懦弱，没有准备和把握即对普宣战，关键时刻带头投降，给国家民族带来深重灾难。

119

巴黎公社

帝降敌迫国危难，起义卫都民敢当。

无产政权初探路，巴黎公社永辉光。

　　普法战争，法国惨败，皇帝投降被俘，普军兵临城下，资产阶级临时政府对敌屈膝求和。1871年3月18日，巴黎人民发动起义，组建国民自卫军，成立巴黎公社，全民参加了武装保卫首都的斗争。5月28日，内外敌人联手突破了公社的防御，对起义者实行了血腥镇压。巴黎公社虽然失败了，但它作为无产阶级武装夺取城市政权的第一次尝试，在国际共产主义运动史上写下光辉一页。

120

洋务运动

洋务潮兴华夏振，自强波起士心慷。

膏肓疾重体难愈，颜面光鲜寿不长。

第二次鸦片战争后，清朝内外交困，统治集团内部一些较为开明的官员主张利用西方先进生产技术，强兵富国，摆脱困境。洋务运动就是在这一背景下开展的改良自强运动，从 1861 年至 1894 年，历时 33 年，为中国近代化开辟了道路。但由于其目的是维护清朝统治，而不是把中国引向资本主义，最终成为一次失败的封建统治者的自救运动。甲午战争北洋舰队全军覆灭，洋务运动也随之破产。

第十三章

第十三章

121

国际歌扬

饥寒交迫唤觉醒，热血沸腾呼起来。

无产者歌千载奋，献身人唱万年怀。

　　"起来，饥寒交迫的奴隶！" 1871 年 5 月 28 日，巴黎公社最后一个堡垒被攻破，无数革命志士倒在血泊中。第二天，法国工人诗人、巴黎公社的领导者之一鲍狄埃怀着满腔热血，奋笔疾书，写下了气壮山河的《国际歌》。1888年，法国工人作曲家狄盖特为其激情谱曲。从此，它便成了全世界无产者最喜爱的歌，从法国越过千山万水，传遍全球。唱着它，勇士挺身上战场，烈士昂首赴刑场。

122

红十字会

十字为旗十色转，杜南创始杜福援。

扶伤救死无国界，舍己帮人有爱缘。

　　红十字会，由瑞士银行家杜南于 1863 年创立，热心支持战场救护的瑞士国防军总司令杜福任首任主席，白底红十字的会旗由他们祖国瑞士的国旗翻转颜色而成。1859 年，杜南在路经意大利伦巴底时，目睹战场上伤兵乏人照顾，便带领当地群众成立民间中立组织实施救援。从此，他便将一生献给了这一事业，在破产潦倒后仍矢志不移。国际红十字会将他的生日 5 月 8 日定为国际红十字日。

123

五一节名

五一呼吁五三吼，国内罢工国际潮。

血洒芝城争限令，节名世代赞勋劳。

1886 年 5 月 1 日，以芝加哥为中心，美国爆发了有 35 万人参加的大罢工，要求实行 8 小时工作制。5 月 3 日，芝加哥警察开枪镇压工人，造成多人伤亡，有多名示威者后来被当局绞死。各国工人纷纷举行抗议活动，声援美国工人。经过流血牺牲，工人们终于争得每日工作 8 小时的限令。1889 年 7 月，第二国际在巴黎举行代表大会，将 5 月 1 日定为国际劳动节，以纪念芝加哥工人的贡献。

124

科学之光

细胞进化抛神念，能量守恒开智泉。

唯物史观揭社律，剩余价值现财源。

　　19 世纪是科学之光闪耀的世纪。自然科学有三大发现，即德国植物学家施莱登等提出的细胞学说，英国生物学家达尔文阐明的生物进化论，彻底否定了上帝创造人类的神学理念；英国科学家焦耳等证明的能量守恒和转化定律，打开了能量科学的思想之门。社会科学有马克思一生的两大发现，即唯物史观和剩余价值理论，揭示了人类社会发展规律和资本主义社会剥削的秘密与危机的根源。

125

电气时代

发电成流兴万业，感磁生力带千机。

越洋传码如连线，通话明灯似梦期。

19世纪也是技术发明星光灿烂的世纪，而发电用电技术的发明则是划时代的。从1831年法国人法拉第发现电磁感应现象开始，先后有法国人毕克西发明手摇式发电机，德国人西门子发明自励式发电机、电车，美国人爱迪生发明电灯、电站，旅美的苏格兰人贝尔发明电话，德国人赫兹发现电磁波，美国人莫尔斯发明电报，意大利人马可尼发明无线电台，人类历史从蒸汽时代跨入了电气时代。

126

苏丹起义

马赫迪承真主命，苏丹人建抗英军。

阿巴岛灭讨伐队，喀土穆飘独立云。

马赫迪（1848—1885），19世纪末苏丹反英民族大起义的领导者。他原名艾哈迈德，面对英国殖民统治下悲惨生活的苏丹人民，他自称是上天派来拯救世人的马赫迪，宣传发动群众。1881年起义爆发，他组织抗英武装，在阿巴岛伏击了英军付伐队。1885年占领苏丹首都喀土穆后，马赫迪病逝。此时，起义军已解放苏丹绝大部分土地，继续坚持捍卫民族独立的斗争，达13年之久。

127

英雄马蒂

英雄马蒂古巴心，战士诗人领袖情。

流放欧洲将力聚，返回拉美令敌惊。

马蒂（1853—1895），古巴独立战争领袖，政治家，诗人，因歌颂独立战争、支持反殖起义，先后于1871年、1879年两次被放逐到欧洲。他利用这一机会，加强学习研究，联络爱国人士，成立革命政党。1895年2月24日，古巴第二次独立战争爆发，马蒂再次返回国内领导革命，5月19日在多斯里奥斯战役中牺牲。马蒂的诗文，是揭露批判西班牙殖民者和美国侵略活动的犀利武器。

128

德雷福斯

排犹浊浪卷军中，造假奇冤震法空。

世界声援函降雪，德雷平反史鸣钟。

德雷福斯（1859—1935），法国犹太裔军官，19世纪末期著名反犹冤案的主角。1894年9月，他遭诬陷出卖情报，被判处终身监禁，后来，法军情报处皮卡尔上校发现真正的罪犯另有其人。军方为掩盖真相，将皮卡尔先调离后逮捕。此案经媒体披露，引起法国政局动荡，全世界的声援函如雪片般飞来。虽然两人最终被平反昭雪，但此案给排犹主义日趋猖獗的欧洲敲响了历史的警钟。

129

东学起义

东学西教斗全罗，民灌国洑掀税波。

义士举兵天降晓，贼夷登陆鲜从倭。

1894 年，主张以东方之学抗衡西方之教的东学道，在全琫准（1854—1895）领导下，借农民引用国洑之水浇地被多征水税引发的冲突，在全罗道发动起义，不堪剥削压迫的朝鲜人民纷纷响应。清朝军队应朝鲜政府要求南下镇压，由于义军与政府达成全州和议而止兵。可是，日本军队却借机在仁川登陆，于 7 月 23 日袭击汉城王宫，控制了朝鲜政权。两天后，发动了侵略中国的甲午战争。

130

甲午战争

狂日图天依五步，晚清守土仗三门。

海权丢尽陆屏丧，甲午输完庚子呻。

日本经过明治维新，国力日盛，野心益狂，制定了攻占台湾、吞并朝鲜、进军满蒙、灭亡清朝、征亚霸世的五步战略。而晚清政府主要依托朝鲜、辽东、山东三个半岛为门抵御日本，制海权未引起足够重视，海军军费被挪用。1894 年 7 月 25 日，甲午战争爆发，清军在陆海两个战场均被日军打败。此战使清朝放弃朝鲜，割让台湾和辽东半岛，赔银 2 亿两，也为庚子年负于八国联军埋下隐患。

第十四章

第四十章

131

美西战争

美利坚荣重洗牌，西班牙悴又逢灾。

缅因号炸寻茬巧，菲古国呼上当哀。

19世纪末，美国日趋繁荣强大，急欲重新瓜分世界，但还无力同英法等国抗衡。而此时西班牙已是日薄西山，仅剩下古巴、菲律宾等少量殖民地，且深陷武装反抗危机。1898年，美以缅因号军舰在哈瓦那港爆炸为借口，于4月22日对西采取军事行动。古巴、菲律宾起义军听信美军诺言积极配合作战，使其顺利击败西海陆两军，但胜利后都遭到美军镇压，古沦为美保护国，菲又成美殖民地。

132

日俄战争

俄日争撕华夏肉，清廷失控满洲源。

双头鹰落北熊默，武士刀扬东犬喧。

甲午战争后，俄国联合法德两国对日本施压，以清政府加赔白银 3000 万两为代价，逼迫日放弃辽东半岛永久领有权。此后，俄又以还辽有功为名，索取修筑中东铁路等特权，强行霸占旅顺、大连乃至整个辽东半岛。1904 年 2 月，日俄战争爆发，双方出动几十万大军在中国领土领海上厮杀，许多无辜中国同胞丧生。最终，日军击败俄军占领辽东，实际渗透东北全境，清政府失控满洲祖宗之地。

133

流血周日

加邦神父话迷众，尼古沙皇探满城。

周日血流淹广场，全俄怒起滚雷声。

俄国在日俄战争中失败，更加暴露了沙皇制度的腐朽，加剧了社会矛盾。1905 年 1 月，彼得堡上百家工厂工人罢工，要求公道和保护。沙皇尼古拉二世在全城布满密探，严加防范。在加邦神父鼓动下，十几万工人于 1 月 22 日星期天扶老携幼，举着沙皇画像和平请愿，在冬宫广场遭到军警枪击砍杀，至少有一千多人惨遭杀害。人们的幻想彻底破灭，全俄燃起罢工起义烈火，沙皇末日已为期不远。

134

掘通两洋

设局操纵裂一方，租地掘河通两洋。

马塔秦哀埋病弱，巴拿马怒斥权亡。

　　1912年开通的巴拿马运河，使大西洋至太平洋的航程缩短了5000公里以上。19世纪末，美国从法国公司手中低价收购了运河工程，遭到哥伦比亚议会否决，便又策动巴拿马"独立"，取得了租地掘河的特权。巴拿马运河开凿难度极大，7万多名劳工丧生工地，有个叫马塔秦的地方埋葬了1000多名病死和虽病未死的华工。美国经营运河60年，获利450亿美元。巴拿马为收回运河主权，进行了长期斗争。

135

伟大发明

汽车上路赛飞奔，照相留容超写真。

电影动人如梦境，飞机展翅似翔神。

19 世纪后期至 20 世纪初期，世界上出现了不少改变人类生活方式的重大发明。1880 年，德国人戴姆勒和本茨同时发明了汽油发动机，后来他们又发明了四轮汽车。1860 年，英国人萨顿设计出带有取景器的单镜头反光照相机。1888 年，美国柯达公司生产出照相感光胶卷。1895 年，法国的卢米埃尔兄弟研制成功活动电影机。1903 年，美国的莱特兄弟研制成世界第一架飞机，并成功试飞。

136

科学巨星

居里夫人双奖伟，爱因斯坦数功高。

科学潮涌巨星灿，发现泉喷世纪豪。

19世纪末至20世纪前期，是科学巨星迭出、重大发现泉喷的时期。最为著名的有居里夫人（1867—1934），法国波兰裔女物理学家，放射性元素镭、钋的发现者，两度获得诺贝尔奖；爱因斯坦（1879—1955），美国德裔物理学家，光电效应、质能关系的发现者，量子力学的发展者，尤以创立相对论为核能开发奠定理论基础而著名，被公认为是自伽利略、牛顿以来最伟大的科学家。

137

辉煌作品

天鹅湖舞乐魂悲，向日葵图印象垂。

思想者雕神态栩，母亲泪著苦人岿。

　　19世纪后期至20世纪前期，也是文艺巨匠、辉煌作品涌现的时期。比如，俄罗斯浪漫乐派作曲家柴可夫斯基及其芭蕾舞剧《天鹅湖》等，荷兰后印象派画家凡高及其油画《向日葵》等，法国雕塑艺术家罗丹及其雕塑《思想者》等，俄国无产阶级文学奠基人高尔基及其小说《母亲》等，还有中国文学家鲁迅、茅盾、巴金、曹禺等的小说、散文、戏剧和音乐家聂耳、冼星海的歌曲等，开一代新风。

138

戊戌变法

戊戌变法帝心高，百日维新母志摇。

慈禧镇压光绪锢，六君就义两杰逃。

　　1898 年（戊戌年）6 月 11 日至 9 月 21 日，清朝维新派通过光绪皇帝发动了一场变法运动，主要是学习西方，提倡科学文化，改革政治和教育制度，发展农工商业等。掌握实权的守旧派代表慈禧太后对改革始观望，继动摇，后镇压。结果，光绪被囚，谭嗣同等六君子慷慨就义，康有为、梁启超逃亡国外，历时仅 103 天的变法维新终于失败。清政府失去最后一次自我革新机会，离崩溃已不远。

139

八国联军

八国沆瀣凑联兵，一路烧杀进北京。

太后仓惶挟帝遁，拳民英勇挺身迎。

　　19 世纪末，列强掀起瓜分中国的热潮，民族危机空前加剧，终于爆发了义和团反帝爱国运动。1900 年 6 月，英法德俄美日意奥八国组成联军，以保卫使馆为名，一路杀向北京。清政府对洋人先仇视、后妥协，对义和团始镇压、终利用。尽管拳民们英勇抗击侵略者，但最终难敌洋枪洋炮火力，慈禧太后挟持光绪皇帝出逃。八国联军进入北京大肆烧杀掳掠，清政府赔银 4.5 亿两方求得其撤军。

140

辛亥革命

变法失机立宪难，改良无路共和宽。

武昌枪响帝旗落，辛亥天翻华夏欢。

清朝末年，列强横行中国，朝廷日益腐朽，变法失去时机，立宪举步艰难，改良已无出路，百姓怨声载道，连传统文人也因仓促废除科举而失去仕途，唯剩下起来革命、走向共和一条道路。1911 年 10 月 10 日，孙中山（1866—1925）领导的同盟会发动湖北新军举行武昌起义，得到各省响应，迅速遍及全国。辛亥革命推翻了中国长达两千多年的封建君主制度，使民主共和观念深入人心。

第十五章

第十五章

141

一战爆发

巴尔干燃一战爆，斐迪南毙两营分。

超千万命黄泉赴，近百亿金浑水沉。

第一次世界大战，爆发于素有火药桶之称的巴尔干半岛。因皇储斐迪南大公在萨拉热窝被杀，1914 年 7 月 28 日，奥匈帝国向塞尔维亚宣战。随后，德国、奥匈、奥斯曼等组成的同盟国与英国、法国、俄国等组成的协约国之间展开了一场争夺世界霸权的大战，至 1918 年 11 月 11 日结束。战争破坏空前，大约有 1000 万人丧生，2000 万人受伤；经济损失约 1700 亿美元，折换成黄金近 100 亿两。

142

两线作战

施里芬谋击重点，小毛奇误打分兵。

马恩河败战机逝，两线阱成输运迎。

德国是同盟国核心，却在地理上处于英法俄三个协约国海陆包围之中。为了打破这一态势，早在一战爆发前，当时的德军总参谋长施里芬就制订了以八分之七兵力重点闪击法国，而后再转兵进攻俄国的作战计划。而他的继承人小毛奇却在1914年8月改变了施里芬计划，造成因分兵特别是削弱右翼而导致的攻法久战不决，在本可避免的马恩河战役中失利，从而陷入与法俄两线作战的危险境地。

143

法德血战

东守西攻夺要塞，北援南助御残垣。

法德拼命百师损，胜负转机一役全。

1916 年，德军决定在东线对俄军防御，把进攻重点再次转向西线，以凡尔登要塞为目标，力图集中兵力打败法军。法军开始误判德军企图，导致凡尔登因兵力不足差点被攻陷。后调整兵力北援南助，最终阻止住了德军进攻，使此役成为第一次世界大战的转折点。凡尔登战役是典型的阵地战、消耗战，双方出动 100 多个师，伤亡近 100 万人，被称为"绞肉机"，毒气战在此役中首次运用。

144

英德海战

争横击竖布丁阵，伏后诱前藏袋波。

战术德赢摧舰巨，全局英胜锁船多。

1916 年 5 月底至 6 月初，英国与德国出动主力舰队，在丹麦日德兰半岛附近进行了第一次世界大战中规模最大的海上决战。双方均采用以已横队击敌纵队，从而最大限度发扬火力的丁字阵形，以及以较小兵力佯动于前、主力舰队隐波于后的袋状布势。最终，德国海军以相对较少的损失击沉了更多的英国舰艇，取得了战术上的胜利；英国海军将德国舰艇封锁在港口，取得了战略上的胜利。

145

坦克参战

装甲奇车履带支，越壕破阵铁驹驰。

初充索姆河边怪，继造德军阵上尸。

第一次世界大战期间，双方为打破阵地战僵局，迫切需要研制一种火力、机动、防护三者有机结合的新式武器，坦克便应运而生。它最先由英军的斯温顿上校提出设想，得到海军大臣丘吉尔的支持。1916年9月，坦克被英军首次运用于索姆河战役，对德军产生了极大的震慑作用，被称为河边怪物。1917年11月，英军在康布雷集中使用381辆坦克，一举突破德军3道防线，开了坦克战先河。

146

末代沙皇

末代沙皇尼古拉，首推狼子野心家。

一生罪状照山累，二月怒潮连蒂拔。

尼古拉二世（1868—1918），俄国末代沙皇。登基时，他已是"全俄皇帝兼波兰国王、芬兰大公"，等等，却还梦想给自己再加上"中国皇帝"、"日本天皇"等称号，对外疯狂扩张，侵占辽东半岛，参加八国联军。日俄战争失败后，又在国内制造了流血星期日等血腥镇压事件。一战中，强征1500万壮丁去打仗，造成数百万人伤亡。1917年，俄国爆发二月革命，彻底推翻了他的黑暗统治。

147

十月革命

阿芙乐尔炮声隆，起义人潮占旧宫。

十月春雷惊夜梦，一国旭日亮天空。

20世纪初，俄国经济濒于崩溃，社会矛盾空前激化。尤其在一战中，人民蒙受了深重灾难，强烈渴望和平。1917年，资产阶级临时政府篡夺了二月革命成果，继续奉行对内镇压、对外参战政策。顺应人民意愿，以列宁（1870—1924）为首的布尔什维克领导了十月革命。随着阿芙乐尔巡洋舰上炮声响起，起义大军攻占了冬宫，世界上第一个以共产主义为理想的社会主义国家诞生了。

148

巴黎和会

法恋欧原英爱海，美思盟主日图方。

巴黎和会开赃宴，世界重分归列强。

1919 年 1—6 月召开的巴黎和会，既是一战胜利国举行的庆功会，更是英法美三大国操纵的分赃会。英国追求海上和殖民霸权，法国追求欧洲大陆霸权，美国追求世界霸权，对战败国的领土和殖民地进行了重新瓜分。和会不顾参战胜利国中国的反对，满足了日本得到德国侵占的山东胶州湾领土财产的欲望。和会还密谋扼杀新生的苏维埃俄国，决定筹组国际联盟来反对列宁创建的共产国际。

149

五四运动

卖国篡位军阀最，窃土夺银外盗尤。

学友工群齐奋起，科学民主勇追求。

　　辛亥革命建立了中华民国，而实权却被对外妥协、对内镇压的北洋军阀篡夺，帝国主义对中国的侵略掠夺不减反增。1919 年，巴黎和会的消息传来，引起全国各界的强烈反对。5 月 4 日，北京高校三千多名学生代表冲破军警阻挠，打出"誓死力争，还我青岛"等口号，得到广大工人群众的响应。五四运动是中国新民主主义革命的开端，其高举的科学、民主两面大旗，具有深远的历史意义。

150

南湖红船

红船一日诞湖上，华夏从今别散沙。

把舵扬帆迎飓浪，穿江过海驶天涯。

1921 年 7 月 23 日，中国共产党第一次全国代表大会在
上海法租界召开，毛泽东（1893—1976）等 12 人代表全国
五十多名党员、马林代表共产国际、尼克尔斯基代表赤色
职工国际出席会议。与会人员后来转移到嘉兴南湖，在一
艘丝网船上完成了大会议程。中国共产党的诞生，结束了
全国一盘散沙的政治局面，亿万人民的革命斗争终于有了
一个坚强的领导核心，中国的面貌从此焕然一新。

第十六章

151

华盛顿会

华盛顿城华盛会，太平洋上太平难。

美提五五三分舰，日要十十七比船。

　　一战结束后，列强掀起海上军备竞赛狂潮，财政捉襟见肘。1921 年 11 月 12 日至 1922 年 2 月 6 日，美英法意日比荷葡等国代表在华盛顿召开了限制海军军备、重新划分远东和太平洋势力范围的会议。为确定美英日三国主力舰数量，美提出 5∶5∶3 的比例，日要求按 10∶10∶7 分成。会议最终承认了美国的优势地位，使日本受到一定抑制，并置中国反对于不顾，使之再次成为列强共宰的对象。

152

布列斯特

布列小城和代战，安邦大策退成前。

临危决断英明举，幸免夭亡幼稚天。

十月革命胜利后，苏俄提出停止战争的建议，遭到协约国拒绝，便与交战国德国在布列斯特小城举行和平谈判。面对德国提出一次比一次苛刻的条件，在苏俄政府和中央委员会几次以多数票否决的情况下，列宁不惜以辞职为代价坚持接受德国条件签订和平条约的主张。1918 年 3 月 3 日，在德国最后通谍时限即将到来之际和约签订，苏俄成功地退出战争，新生的苏维埃政权获得了喘息的时间。

153

苏俄新政

诺返沙俄侵略土，试行经济缓冲期。

列宁若不升天早，苏党焉逢解体急？

　　建国之初，苏俄在列宁领导下，实行了一系列新的内外政策。对外倡导和平与平等，多次提出废除沙俄时期与中国签订的一切不平等条约，归还中国领土。对内果断放弃战时共产主义制度，推行利用资本主义、通过市场渐进过渡到社会主义的新经济政策。这对于改善国家的内外环境，发挥了重要作用。要不是列宁于1924年过早离世，这些政策被逐步改变，1991年苏联解体的悲剧也许会避免。

154

土耳其父

国民运动人凝志，独立战争军聚锋。

现代进程欧作榜，世俗主义政脱宗。

　　一战结束时，奥斯曼帝国解体，巴黎和会又将其本土部分瓜分给英国、法国、希腊和亚美尼亚。在民族危亡之际，凯末尔（1881—1938）成功地领导了国民运动，指挥军队在独立战争中击败占领者，于1923年据小亚细亚立国，更国号为土耳其。他确立了国家欧洲化的发展方向，废除了政教合一的哈里发制度，使伊斯兰教走上世俗化的道路，对民族复兴影响巨大，被尊为现代土耳其之父。

155

经济危机

生产率高滋过剩，剥削度大致贫穷。

无钱难买河流奶，有物滞销人饿疯。

　　1929 年至 1933 年，资本主义世界爆发了一场规模空前的经济危机。为了追逐高额利润，资本家一方面通过扩大投入，不断提高生产率，造成产品相对过剩；一方面又通过裁员降薪，不断增大剥削度，造成贫穷现象恶化。结果，从美国到欧洲，都出现了大批牛奶、生猪、水果等被倾入河、棉花被烧，大量失业人群食不果腹、衣不遮体的可悲现象。西方国家进入大萧条时代，社会矛盾进一步激化。

156

黑色周四

股崩周四起风潮，价落翻千打水漂。

总统繁华时短显，胡佛饥饿史长昭。

　　一战结束后，美国市场需求疲软，大量资金由企业流向证券，造成虚假繁荣，胡佛（1874—1964）在一派歌舞升平中当选总统。但好景不长，1929年10月24日星期四，证券泡沫突然破裂，高价股票瞬间变为废纸，许多企业和个人一夜之间沦为穷光蛋。胡佛虽然采取了一些应对措施，但成效甚微。特别是他迷信市场作用，坚决反对由国家援助失业民众，被称为美国历史上的"饥饿总统"。

157

炉边谈话

经济萧条摧众志，炉边谈话暖人心。

复苏信用强实业，解救童工宣政新。

经济萧条摧垮了美国民众的信心意志，引发了证券抛售、银行挤兑、企业破产的狂潮。从 1933 年 3 月 12 日起，新当选的美国总统罗斯福（1882—1945）在总统府壁炉前接受各大广播公司采访，通过收音机向美国人民宣传政府的应对举措。炉边谈话作了多次，前四次分别谈了拯救金融、复兴工业、废止童工、新政目标等问题，求得了人民对政府的支持，对复苏美国经济发挥了重要作用。

158

国共合作

联俄联共助农工，反帝反封谋大同。

合作北伐成就巨，举刀相向血流红。

    1924 年 1 月，根据孙中山提出的联俄、联共、扶助农工三大政策，在共产国际帮助下，中国共产党和国民党以党内合作方式开始合作，极大地推动了反帝反封建的民主革命进程。1927 年，就在北伐军饮马长江之时，蒋介石（1887—1975）却于 4 月 12 日在上海发动政变，对共产党人和革命群众大开杀戒。至 7 月 15 日国民党在武汉"分共"，国共合作最后破裂，大革命遭到惨重失败。

159

南昌起义

八一号响震南昌，镰斧旗扬创武装。

要懂政权枪里诞，须知强盗战中亡。

1927 年，成千上万的中国共产党人和革命群众，赤手空拳地倒在国民党军队的屠刀之下，血的教训使共产党明白了枪杆子里面出政权、反革命武装需要用革命武装来消灭的道理。8 月 1 日，周恩来（1898—1976）等在江西南昌发动起义，打响了武装反抗国民党反动派的第一枪，揭开了中国共产党独立领导武装斗争和创建人民军队的序幕。从此，国共两党在中国大地上开始了武装对决。

160

星火燎原

井冈锋剑古田淬，党领红军民众亲。

星火燎原声势渐，武装割据政权新。

1927 年 10 月，毛泽东率领秋收起义部队上了井冈山，第二年 4 月又与朱德（1886—1976）领导的部分南昌起义部队在这里会师，创建了中国第一块红色根据地。1929 年 12 月的古田会议，确立了党领导的人民军队与旧军队完全不同的建军原则。红军顶住了来自共产国际和上海中央要求其攻打大中城市的压力，粉碎了国民党军多次围剿，开辟了"农村包围城市，武装夺取政权"的革命道路。

第十七章

161

魏玛共和

一国战败君逃外，两派分离皆建权。

革命柏林遭厄运，共和魏玛种亡缘。

1918年，德国在一战中战败，反战的水兵在基尔吹响了十一月革命的号角，德皇威廉二世宣布退位逃往国外。德国社会民主党分裂，左派和右派先后建立苏维埃与共和制政权。右派勾结军队镇压了改组为德国共产党的左派，杀害了其领袖李卜克内西和卢森堡，避开柏林在魏玛制定了宪法。魏玛共和国名共和而实反共，十多年后便被更反共的军国主义政权第三帝国取代，德国再次滑向战争深渊。

162

纳粹党起

鲁尔危机纳粹慷，巴伐暴动党魁狂。

掌权一月造冤案，积虑十年显恶张。

1923 年 1 月，法国、比利时出兵占领德国最大工业区鲁尔，德国经济崩溃。纳粹党魁希特勒（1889—1945）却异常亢奋，在巴伐利亚发动啤酒馆暴动被捕。出狱后，他鼓吹国家社会主义以取悦穷人，煽动反共以讨好右派，宣扬种族主义、军国主义以蛊惑人心，使纳粹通过选举成为议会第一大党。1933 年 1 月他当上总理，不到一月即制造国会纵火案，嫁祸摧毁共产党，开始独裁统治。

163

法西斯狂

墨索里尼藏祸端，法西斯蒂显黑衫。

进军罗马巧言佞，篡位独裁真相残。

一战后，意大利经济濒临崩溃，革命风起云涌，以铲除赤化势力为己任的墨索里尼（1883—1945）却看到了夺权希望。1920 年 8 月，他带领身着黑衫的法西斯党徒，用暴力恐怖把大罢工镇压下去，被政府和资本家当成救星。1922 年 10 月，他许下很多诺言后发动武装党徒向罗马进军，不费一枪一弹就当上总理。他立即撕下伪装，取消一切自由民主，建立了世界上第一个法西斯独裁统治。

164

埃塞抗意

埃塞丰饶墨索贪，意军势悍众心专。

坚防七月敌方克，血战五年国始圆。

    墨索里尼上台后，大肆宣传意大利有传承于古罗马的历史权利，把贪婪的目光投向盛产黄金、石油等战略资源的东非国家埃塞俄比亚。1935年10月，意大利出动35万大军，兵分三路扑向埃塞俄比亚。在塞拉西皇帝的领导下，埃军民万众一心，拼死抵抗。意军付出沉重代价，于1936年5月攻下埃首都亚的斯亚贝巴。埃军民顽强不屈浴血抗战，终于在1941年5月与盟军一起收复全部领土。

165

马德里战

西班牙选共和主，佛朗哥掀叛乱潮。

德意抛扔亡种弹，法英操纵变天刀。

　　1935 年 2 月，西班牙共产党等赢得议会选举，组建政府，实行改革，深得民心。内外法西斯恨之入骨，佛朗哥（1892—1975）发动军事叛乱，意大利向其提供了 1000 架飞机和各种武器，德国空军把格尔尼卡炸成废墟。苏联等 54 国志愿者组成国际反法西斯纵队，协助意政府军坚守马德里。1939 年 2 月，英法等国出于反共宣布承认叛军政权，使其得以推翻共和政府，建立独裁统治。

166

慕尼黑会

慕尼黑耻分捷克，希特勒豪签谎约。

张伯伦欢征战免，达拉第愧信诚缺。

1938 年 9 月 30 日，英法两国为避免卷入战争，在慕尼黑与德意两国签订了将捷克斯洛伐克的苏台德地区割让给德国的协定。希特勒在签约时谎称，这是他对西方的最后一次领土要求。英国首相张伯伦回到伦敦兴高采烈地说，他带回来一代人的和平。法国总理达拉第虽感到违背了对捷克的承诺，但仍认为值得庆幸。而希特勒却没有履行诺言，不久便侵占了整个捷克，接着挑起对英法的全面战争。

167

水晶之夜

水晶夜闪犹人泪，党卫军挥砸店锤。

泰斗若非留美校，墓园定会竖新碑。

1938 年 11 月 9 日夜里，破碎的玻璃在月光照射下如水晶般发光，好像犹太人淌不完的眼泪。此时，德国、奥地利各地的纳粹党卫军正挥舞棍棒，对犹太人的商店、教堂、住宅进行疯狂的打砸抢烧，大约 3 万名 16～60 岁的犹太男子在家中被捕，标志着纳粹对犹太人有组织屠杀的开始。著名德国犹太科学家爱因斯坦的头颅也被人以 5 万马克高价悬赏街头，只因他当时在美国讲学才幸免于难。

168

自毁长城

民主集中强本础，专行独断毁城源。

无边肃反冤魂唤，有限纠偏政弹悬。

列宁逝世后，斯大林（1878—1953）领导苏联在极其困难的条件下完成了国家工业化和农业集体化，但也留下很多弊端。尤其是他破坏民主集中制的根本原则，容不得有不同意见存在，在 1935 年至 1938 年间，进行了错误的肃反运动，大批党政军领导人和知识分子遭到清洗。尽管后来做了极其有限的纠偏，但造成的损失无可弥补，成为一颗悬在头上随时可能毁害党和国家的政治炸弹。

169

九一八耻

九月十八国耻增，日军侵占沈阳城。

都说少帅未顽抗，焉晓南京有制衡？

　　1931年9月18日，日本关东军以自导自演的柳条湖事件为借口，突然向驻守在沈阳北大营的中国军队发动进攻。由于张学良（1901—2001）领导的东北军执行了蒋介石的不抵抗政策，当晚日军便攻占北大营，次日占领整个沈阳城。日军继续向辽宁、吉林和黑龙江的广大地区进攻，短短4个多月，128万平方公里、相当于日本国土3.5倍的中国东北全部沦陷，3000多万同胞成了亡国奴。

170

红军长征

整军挥泪弃家乡，涉水跋山开远方。

遵义红楼脱险境，延安宝塔透晨光。

博古听从苏联顾问李德建议，反对毛泽东领导历次反围剿斗争取得胜利的积极防御战略方针，导致第五次反围剿失败。1934年10月，红军被迫放弃中央根据地进行战略转移。1935年1月，中共在遵义召开政治局会议，确立了毛泽东的正确领导地位。红军摆脱敌人的围追堵截，历尽艰辛到达陕北。1936年10月，三大主力红军胜利会师。翌年1月，中共中央迁至延安，中国革命翻开新的一页。

第十八章

171

二战爆发

德国闪电灭波兰，英法鸣雷下雨难。

战马哪能敌坦克，苏联何故抢局盘？

　　1939 年 9 月 1 日，德国在寻衅滋事后出动 58 个师近 150 万人、2800 辆坦克、2000 多架飞机，向波兰发起闪电战，第二次世界大战全面爆发。9 月 3 日，英法两国对德宣战，却没有出动一兵一卒，给危难中的盟友以任何帮助。虽然波军奋力抵抗，甚至敢用骑兵迎战坦克，但最终仍被装备精良、数倍于己的德军击败。苏联借机出兵，占领了 1921 年失去的西乌克兰与西白俄罗斯。

172

敦刻尔克

马奇诺线向东开，德意志师从北来。

英法兵输隔海叹，军民船运撤人徊。

    1940年5月10日，德军136个师绕过主要部分在法国东部的马奇诺防线，首先攻打比利时、荷兰和卢森堡，从北部的阿登侵入法国。仅十多天时间，德军装甲部队就横贯法国大陆，把40万联军压缩在港口小城敦刻尔克及其附近。5月26日至6月4日，英国动员军民各种舰船来回抢运，将21.5万英军、9万法军、3.3万比军撤退岛内。虽然重装备全部丢弃，但为日后反攻保留了骨干力量。

173

英伦空战

德寇空袭英岛惨，伦敦抗战众心刚。

战鹰遮日斗高下，火网锁天争胜亡。

　　德国调集 2600 多架飞机，自 1940 年 7 月 10 日开始对英国进行了大规模轰炸，造成大量平民伤亡。英国上下同仇敌忾，新任首相丘吉尔（1874—1965）领导军民以战斗机为主，高炮、拦阻气球和探照灯为辅，在雷达和人工报警引导下，进行了英勇的抗击。伦敦空战激烈时，双方战机昼间遮天蔽日，夜间火网交织。1941 年 6 月，德国彻底放弃了先空袭后登陆最终占领英国的海狮计划。

174

红都屹立

巴巴罗萨袭苏境，袅袅余音醉哨林。

黑浪长驱摧阵脚，红都屹立稳人心。

1941 年 6 月 22 日晨，德国撕毁苏德互不侵犯条约，集中 190 个师约 550 多万人、4500 架飞机、4500 辆坦克，向苏联发起代号为巴巴罗萨的突然袭击。而苏军此时却沉浸在周末舞会的余音中，战争初期吃了大亏，使德军得以长驱直入。苏联全民动员，全力抗战，终于将敌人阻止于莫斯科郊外。11 月 7 日，斯大林在红场阅兵，随后苏军展开反击。德军天下无敌的神话被打破，开始走向灭亡。

175

列宁格勒

六十万众饥寒死，九百余天围困生。

敌寇铁蹄终止步，列宁格勒未丢城。

1941 年 9 月 9 日至 1944 年 1 月 27 日，苏联军民以饿死冻死 64.2 万人的代价，在列宁格勒粉碎了德国、芬兰军队长达 900 余天的围困作战。战争初期，希特勒曾狂妄叫嚣，一定要把这个布尔什维克主义的发祥地从地球上抹掉。列宁格勒儿女经受住了考验，挫败了法西斯的灭城企图，把强大的德国北方集团军群紧紧拖住，有力支援了其他方向苏军的作战，为苏联卫国战争胜利做出了卓越贡献。

176

偷袭珠港

珍珠军港度周末，航母机群隐碧波。

炸舰击船瘫主力，惊魂醒梦斗阎罗。

1941 年 12 月 7 日凌晨，美国海军官兵还在周末度假中酣睡，从 6 艘日本航空母舰上起飞的两个波次飞机扑向夏威夷瓦胡岛，珍珠港顿时陷入雷阵火海，无线电传来"虎虎虎"的报捷信号。美太平洋舰队一度瘫痪，8 艘战列舰 4 艘被击沉，1 艘搁浅，其余受重创；6 艘巡洋舰、3 艘驱逐舰被击伤，188 架飞机被击毁，数千官兵伤亡。美国终于放弃中立立场，对日对德宣战，参加反法西斯战争。

177

中途岛战

美舰秘航伏本队，日机卸弹挂鱼雷。

可怜甲板燃屠火，但报瓦胡亡梦醅。

　　1942 年 6 月 4 日，美日海军出动航母编队，在中途岛海域进行了一场大规模海战。美军通过破译日军密码，成功地进行了海上设伏，在日军飞机察觉仓促卸下炸弹改挂鱼雷之际，实施了猛烈空袭，日军航母甲板被烧成火海。此战使美海军报了瓦胡岛遭袭之仇，日海军损失 4 艘大型航空母舰，1 艘巡洋舰，332 架飞机，还有数百名经验丰富的飞行员和 3700 名舰员，在太平洋战争中走向失败。

178

转折之战

钢铁名城获永生，鲍卢新帅落投诚。

百师未越输坚阵，一役转折赢战争。

    1942 年 6 月 28 日至 1943 年 2 月 2 日，苏联军民在斯大林格勒粉碎了德军进攻，使这座以领袖名字命名的城市永载史册。德国和附庸国军队先后投入 103 个师的兵力，损失 150 万人，终未能克。苏军先以部分兵力殊死坚守，后以强大预备队实施反击。德军第 6 集团军司令鲍卢斯刚被希特勒授予元帅军衔，即下令停火成为俘虏。这一战成为第二次世界大战的转折点，苏军由此走向全面胜利。

179

西安事变

南京颁令剿红忙，日寇侵华掠土狂。

无路张杨捉老蒋，有容中共献良方。

1935 年 9 月，蒋介石调东北军入陕甘围剿红军，令其损失惨重而又不予补充。日本加快侵华步伐，全国反内战声高涨。1936 年 12 月 12 日，东北军领袖张学良和西北军领袖杨虎城在西安发动兵谏，扣押了前来督战的蒋介石。中共中央派出以周恩来为首的代表团，提出和平解决西安事变的主张。最终，蒋介石被迫改变"攘外必先安内"的国策而获释放，中国的抗日民族统一战线得以建立。

180

七七事变

卢沟枪响震眠狮，日本犬狂发噬痴。

华北沦亡国遇难，人民奋起士当之。

　　1937 年 7 月 7 日，在卢沟桥附近演习的日军，借口一名士兵失踪，要求进入宛平城搜查，遭到中方严词拒绝。日军遂开枪射击，炮轰宛平，制造了震惊中外的"七七事变"。中日两军在卢沟桥激战，日派大批援军向天津、北京进攻。中国守军 29 军进行了坚决抵抗，副军长佟麟阁、师长赵登禹先后以身殉职。华北沦陷在即，全国一片沸腾。不愿当亡国奴的中国军民，开启了抗日战争的序幕。

第十九章

181

沙漠狐悲

沙漠之狐镇北非，英伦猎手解燃眉。

可惜亡将添局乱，更恨狂枭把本赔。

1941 年，德国派隆美尔率领 2 个师进入北非，多次以劣势兵力将英军打败，被称为"沙漠之狐"。1942 年，英国派"硬汉猎手"蒙哥马利去阿拉曼指挥作战。10 月，代替回国治病的隆美尔指挥德意军团的施登姆把局势搞乱后暴病而亡，隆美尔再度指挥时已回天无力。在这紧急关头，希特勒竟命令他做出自杀式部署，生不逢时的骁将败北逃走。阿拉曼战役的胜利，使盟军扭转了北非战场的形势。

182

山本葬岛

战功昭著若神明，前景渺茫如履冰。

码泄天机鹰葬岛，军失山本海成陵。

　　山本五十六担任日本联合舰队司令后屡建战功，特别是 1941 年 12 月他指挥偷袭珍珠港，重创了美太平洋舰队主力，保证了日军进攻东南亚的翼侧安全，更是被奉若神明。但后来却在中途岛和瓜达尔卡纳尔岛海战中遭到惨败，前景暗淡。为鼓舞士气，1943 年 4 月他决定视察部队，却因密码被美军破译，途中座机被美机击中而坠岛丧生。从此，曾经是胜利舞台的太平洋海域成了日军的葬身坟墓。

183

库尔斯克

弧形险带隐杀机，噩梦阴云忧预期。

炮火铺天袭准备，铁流盖地反突击。

　　1943 年，苏德两军沿莫斯科到里海的铁路东西对峙，苏军有两个方面军孤立于铁路西面，形成了极易被德军包围歼灭的库尔斯克弧形地带。为了防止战争初期的悲剧重演，苏军决定先以坚强防御耗敌能量，再以强大反攻歼敌主力。7 月 5 日凌晨，苏军在德军进攻前实施了炮火反准备，而后进行了坦克反突击。此役参战坦克超过 5000 辆，被称为世界上最大的坦克会战，苏军获得了全面胜利。

184

西西里岛

西西里岛串欧非，滚滚波涛映晚辉。

翼侧主攻拼快速，蒙哥巴顿比神威。

　　西西里岛位于欧非两大陆之间，是地中海最大的岛屿，由德意两军把守。1943 年 7 月 9 日深夜，盟军以空降为先导，开始了西西里登岛战役。担任主攻的英军与翼侧掩护的美军分别在蒙哥马利和巴顿率领下，展开了一场比赛。美军 8 月 16 日神气地进入墨西拿，英军 17 日到达后则举行了盛大的入城式。此役使盟军获取了进攻亚平宁半岛的跳板，导致意大利投降，打开了从南部登陆欧洲的大门。

185

开罗宣言

三国制日聚开罗，一纸宣言定秤砣。

以往侵吞贪几许，而今罚退吐同多。

1943 年，世界反法西斯战争初露胜利曙光。12 月 1 日，中美英三国首脑蒋介石、罗斯福、丘吉尔，围绕协同对日作战和战后处置日本，在埃及开罗进行了磋商。开罗宣言申明，"剥夺日本从第一次世界大战爆发后，在太平洋上夺得或占领的一切岛屿"，日本用武力从中国夺去的东北各省、台湾和澎湖列岛，战后必须归还中国。斯大林因担心影响与日本的关系而未到会，但对宣言表示赞成。

186

诺曼登陆

西北泛舟东北欺，加师密布诺师稀。

七十余日制权紧，三百万军登陆奇。

　　1944 年 6 月 6 日至 8 月 19 日，盟军总司令艾森豪威尔
（1890—1969）组织指挥了诺曼底登陆战役。战前他采取欺
骗措施，诱使德军把 60 个师部署在法国东北的加莱，仅用
6 个师防守西北的诺曼底。盟军 13000 架飞机、9000 艘舰
艇、近 300 万人参战，一开始就迅速夺取并牢牢保持了制
空权和制海权，完成了迄今为止世界上最大的一次海上登
陆作战，宣告了欧洲大陆第二战场的开辟。

187

荣归巴黎

追随特使上英机，抵抗敌军举法旗。

里应外合积战果，功成名就返巴黎。

1940 年 6 月 7 日，即将投降的法国政府在机场欢送英国特使，国防部次长戴高乐（1890—1970）突然冲上飞机随机而去。来到英国后，他组织自由法国运动，发表电台讲话，以从敦刻尔克撤退的官兵为基础组建了一支法国军队，并与国内地下抵抗运动相结合，参加了诺曼底登陆和解放法国作战。1944 年 8 月 25 日，他乘敞篷汽车通过巴黎凯旋门，人们终于目睹了这位民族英雄的风采。

188

雅尔塔会

斯大林威烟斗伸，罗斯福毅椅轮沉。

丘吉尔傲雪茄点，雅尔塔神天下分。

1945 年，第二次世界大战进入末期。2 月 4—11 日，美英苏三国首脑相聚苏联克里米亚小城雅尔塔，研究协调盟国对德日作战、加速反法西斯战争胜利进程和促进战后和平稳定局面问题。会议做出的战后世界秩序安排被称为雅尔塔体系，影响巨大。会议的某些协议未经有关国家同意，对中国利益损害严重。斯大林的烟斗、罗斯福的轮椅、丘吉尔的雪茄，成为媒体印证其性格的标志性道具。

189

帮凶末日

纳粹帮凶坑意枭，亡国祸首害人雕。

前逃高狱靠邪弟，后赴黄泉搭爱娇。

墨索里尼与希特勒于 1939 年 5 月签订意德钢铁条约，后又加入轴心国，正式成为纳粹发动战争的帮凶。1943 年 7 月，他由于军事上失利和国内反法西斯运动高涨，被撤职并关押在阿布鲁齐山大萨索峰顶，9 月在希特勒派出的伞兵帮助下逃离监狱，在意北部出任傀儡政府总理。1945 年 4 月 27 日，他拒绝向抵抗运动投降，在逃亡途中被游击队发现并俘虏，翌日与其情人贝塔西一起遭到枪决。

190

抗日战争

举国抗日重合作，防御相持再反攻。

四亿同胞八载战，百年耻辱一刷空。

1937年7月7日至1945年8月15日，中国全民参战，进行了反对日本侵略的全面战争。国共两党再次合作，建立民族统一战线，分别在正面、敌后两个战场以及滇缅地区抗击敌人。经过战略防御、相持、反攻三个阶段，迫使日本向包括中国在内的同盟国无条件投降。四亿同胞、八年抗战的中国，成为二次大战的主战场之一。中国人民以巨大的人员和财产损失，一洗百年耻辱，取得完全胜利。

第二十章

191

攻克柏林

三军气壮克柏林，一帅功高盖主勋。

元首亡前无忏悔，人民劫后有思寻。

1945 年春，苏军 3 个方面军 250 万人攻入德国境内，德军调集 100 万人死守柏林。担任主攻的白俄罗斯第一方面军由多次协助斯大林力挽危局的"救火英雄"朱可夫（1896—1974）元帅指挥。苏军多路向心突击，于 4 月 27 日突入柏林中心，30 日攻占国会大厦。纳粹元首希特勒在地下工事自杀，临死前毫无悔意。第三帝国灭亡，德国人民对用选票把法西斯推上政治舞台进行了反思。

192

核弹研成

曼哈顿掩惊天秘，原子弹成亡世星。

纳粹若非失重水，地球也许覆寒冰。

　　1939 年 3 月，科学家费米向美军提出制造原子弹的建议，纳粹德国此时也正在进行这一工程。1941 年 12 月，美国制订了代号为曼哈顿的绝密计划，集中最优秀的科学家参加研制，于 1945 年 7 月 16 日成功进行了世界上第一次核爆炸。试验表明，原子弹具有毁灭世界的破坏力。如果纳粹的重水工厂不于 1943 年 2 月被盟军炸毁，让战争狂人希特勒掌握了核武器，地球也许会面临可怕的核冬天。

193

广岛烟云

小男孩戾戏天皇，海沃丝娇诱日郎。

广岛烟云民命灭，关东噩耗裕仁降。

　　为了减少美军伤亡、促使日本投降、抑制苏联扩张，1945 年 8 月 6 日 8 时 15 分，一枚绰号小男孩、涂着嘲笑日本天皇文字和好莱坞女星海沃丝照片的原子弹，被美军 B—29 轰炸机投到日本广岛上空。顷刻之间，巨大的蘑菇状烟云笼罩城市，8.8 万人当日死亡。8 月 9 日，美军又向长崎投下一枚原子弹，造成当日 6 万人死亡。日本仍负隅顽抗，直到关东军在中国覆灭，天皇裕仁才下诏投降。

194

远东战役

军列万车开远东，兵分四路灭关戎。

山田单虏溥仪逮，千岛连收齿舞终。

1945年5月，苏联从西线调动大批军队开赴远东。到8月初，远东苏军总兵力已达170万人。8月9日，苏军兵分4路，在中国支持下对日本关东军发起全线攻击。8月15日，日本天皇发布投降诏书。8月19日，苏军一上校在长春只身闯进关东军司令山田大将办公室将其俘虏，伪满洲国皇帝溥仪也在沈阳机场被捕。苏军还乘势占领了朝鲜北部、南库页岛和千岛群岛，直到进占齿舞岛为止。

195

联合国诞

战火连绵缺共磋，安全永久仗联合。

五国常任有权否，一会时开无定夺。

出于人类无法承受第三次世界大战的共识，为了建立广泛而永久的普遍安全制度，中美英苏等 26 国于 1942 年 1 月 1 日签署了联合国家宣言。1945 年 10 月 24 日在旧金山签定生效的联合国宪章，标志着这个由主权国家组成的国际组织的诞生。安理会是唯一有权采取强制行动的联合国机构，中法苏英美五大常任理事国具有否决权。联大通过的决议可以表达多数国家意愿，但不具有法律约束力。

196

死亡工厂

纳粹凶残日寇狂，死亡工厂宰屠坊。

焚尸炉外犹人泣，鼠疫室中华稚殇。

　　随着二战结束，德日两大法西斯国家丧心病狂建立死
亡工厂的罪行被曝光。为了实现犹太灭种计划，纳粹在本
国的达豪和波兰的奥斯威辛等地建立了多个灭绝营，用毒
气室、焚尸炉等现代化设施杀害了数百万犹太人。日寇则
在中国的哈尔滨等地建立了多处细菌战实验场，将抓来的
战俘、平民包括妇女、儿童进行注射鼠疫杆菌以及活体解
剖、冷冻、爆炸、火焰喷射等试验，手段残忍，令人发指。

197

国际审判

军事法庭传战犯，滔天罪恶诉魔王。

德国深省悔思露，日本浅敷仇欲藏。

第二次世界大战是人类历史上破坏最为严重的战争，大约有 7000 万人死亡，1.3 亿人受伤，经济损失高达 4 万亿美元。为了清算法西斯罪行，同盟国在德国纽伦堡和日本东京开设了两个军事法庭，分别从 1945 年 11 月 20 日和 1946 年 5 月 3 日开始，对戈林、东条英机等战争罪犯进行了国际审判。德国对承担的战争责任进行了深刻忏悔；日本则在美国袒护下保留了天皇制，敷衍塞责，欲火深藏。

198

圣雄甘地

圣雄甘地纺纱长，印度人民反抗忙。

非暴力寻独立路，不合作探救国方。

　　圣雄是印度人民对独立运动领导人、国大党领袖甘地（1869—1948）的尊称。他出身优越，曾到国外留学工作，深感屈辱，回国后领导人民开展了反抗英国殖民运动。他从印度教义出发，主张以"非暴力不合作"方式与殖民者斗争。为了抵制英货，他带头纺纱熬盐。他屡遭镇压，数度坐牢，但矢志不移。1947年6月，印度人民终于获得独立，他却于翌年1月在调解教派纷争时被枪击离世。

199

重庆谈判

抗战成功毛蒋谈，和平终现普天欢。

假如时顺守诚信，何至势失逃岛湾？

　　抗日战争胜利后，中国人民和国际社会都强烈期盼国共合作，和平建国。1945 年 8 月 28 日，毛泽东从延安乘专机赴重庆，与蒋介石举行了为期 43 天的谈判，围绕建设独立民主和平的新中国，签订了双十协定。但蒋介石无视中共的重大让步，不久就撕毁协定，发动内战，妄图三个月消灭共产党。一个本来于国于党于己都十分有利的战略机遇，又一次被他的政治短视、气量狭隘和认识主观抛弃了。

200

解放战争

毁约玩火布强军，应衅接招凝众心。

两种前途决命运，三条战线奏佳音。

　　1946 年 6 月至 1950 年 6 月，人民解放军在中国共产党的领导和广大人民群众的支援下，进行了推翻国民党统治、解放全中国的战争。这场战争由国民党毁约挑起，围绕光明与黑暗两种前途，解放区军民、国统区人民、国民党内爱国力量在三条战线上与其展开了激烈斗争。战争期间，国民党军队 800 万人被歼灭，政权被摧毁，人心向背是决定因素。解放战争的胜利，为新中国建立创造了条件。

第二十一章

201

国父真纳

一族一士本提倡，两教两国新主张。

国父有心缺共识，弟兄无意且分房。

真纳（1876—1948），巴基斯坦的奠基人。他出生于穆斯林家庭，年轻时加入国大党，后又加入穆盟，参加了印度独立运动，长期坚持印度是一个民族、一个国家。由于英国殖民者的挑拨设局，国大党对穆盟的排斥，特别是与甘地政治路线的分歧和日益严重的教派对立，他的态度发生很大转变，主张印度教徒与伊斯兰教徒分开建国。1947年6月，印巴分治，巴基斯坦独立，他被誉为国父。

202

以巴之争

千年以扣谁能解，百载巴争何可停？

犹太复国无退路，阿人离土有冤情。

以色列人和巴勒斯坦人都曾是同一块土地的主人。公
元 135 年，罗马帝国将犹太人逐出家乡，改其地名为巴勒
斯坦。公元 7 世纪，阿拉伯人迁入，繁衍成现代巴勒斯坦
人。流落世界各地的犹太人受尽歧视，1897 年开会决定返
巴复国。1947 年 11 月，在美英等国支持下，联合国通过在
巴勒斯坦分别建立阿人国和犹人国的决议。犹人国以色列
开始强迫巴勒斯坦阿人离开家园，引发首次中东战争。

203

铁幕演说

丘吉尔退激情湃，杜鲁门邀狂浪掀。

铁幕演说宣冷战，美英携手斗苏联。

　　第二次世界大战后，美国成为世界头号强国，苏联力量也不断壮大，美苏矛盾日益加深。1946 年 3 月，刚卸任的英国前首相丘吉尔应美国总统杜鲁门邀请，满怀激情地在富尔顿发表了著名的铁幕演说。几天后，斯大林发表谈话，严厉谴责杜鲁门借他人之口发表反苏反共宣言。风光不再的大英帝国与美国结成同盟，一场冷战在以美国为首的资本主义国家和以苏联为首的社会主义国家之间展开。

204

马歇尔计

两轮世战法英憔，一次转机苏美超。

斯大林囊倾六弟，马歇尔箭射三雕。

　　两次世界大战，使英国、法国等老牌资本主义国家元气大伤，欧洲经济濒临崩溃，甚至出现了大面积的饥饿，而二战却给远离战场的美国和纵深巨大的苏联带来了难得的发展转机。1947 年 6 月，美国国务卿马歇尔提出援助欧洲复兴计划。不久，斯大林也推出了帮助东欧六国重建经济计划。马歇尔计划使欧洲经济迅速恢复，美国占领欧洲市场，还有力抗衡了共产主义运动在欧洲的影响和发展。

205

德国分裂

一国失败四国占，单币难行双币生。

陆路锁封空路运，全德分裂半德成。

　　德国战败后，东部被苏联、西部被美英法占领，位于东部的首都也被分成东西柏林由四国分管。美国计划将西占区三合为一，苏联指责其欲分裂德国。1948年6月，美英法与苏联先后宣布在各自占领区分别发行有 B 和 D 记号的马克。苏联全面切断西占区与西柏林的水陆交通及货运，美国则派出大批飞机向西柏林空运粮食和日用品。第一次柏林危机造成德国正式分裂，西德和东德先后建国。

206

北约华约

北约资本华约社，美主西方苏主东。

世界划分偏两阵，欧洲对立正居中。

随着冷战序幕拉开，1949 年 4 月 4 日，美加英法比荷卢丹挪冰葡意等 12 个资本主义国家在华盛顿签约成立北大西洋公约组织，简称北约，总部设在布鲁塞尔；1955 年 5 月 14 日，苏捷保匈波罗阿和东德等 8 个社会主义国家在华沙签约成立华沙条约组织，简称华约，总部设在莫斯科。从此，美主西方、苏主东方的国际战略格局形成，世界被划分成两大阵营，而欧洲则处于双方斗争的中心地带。

207

加纳独立

黄金海岸富西非，大不列颠涎欲垂。

加纳立国恩克领，民族解放普天随。

加纳位于非洲西部，因盛产黄金而被称为黄金海岸，1897 年沦为英国殖民地。1948 年，发生了殖民当局血腥镇压复员军人请愿的 2·28 事件，恩克鲁玛等领导人被捕。加纳人民举行了全国性的斗争，终于迫使殖民当局让步放人。1957 年 3 月加纳独立，1960 年 7 月加纳共和国成立，恩克鲁玛出任总统。加纳人民的胜利，鼓舞了亚非拉民族解放运动，仅 1960 年，非洲就有 17 个国家获得独立。

208

伦敦烟雾

泰晤浊流刚入海，伦敦烟雾又重来。

万人昏睡未呼醒，百载涤污终展开。

工业革命给欧美国家带来了普遍的环境污染，老牌工业国英国尤为严重。1878年夏，艾丽丝公主号游船在泰晤士河沉没，落水人员被救起，却有640人因河水污染中毒于第二天死亡。1952年12月5—9日，伦敦烟雾弥漫，12000多人因为空气污染而丧生。不断发生的环境悲剧，推进了英国环保立法和治污工程。1983年8月31日，泰晤士河在污染死寂150年后首次发现有鱼，引起轰动。

209

五星红旗

五星闪耀红旗展，四海翻腾巨舰航。

世界幸临千载变，中华喜遇百年煌。

1949 年 10 月 1 日下午 2 时，中华人民共和国举行开国大典，毛泽东在北京天安门城楼上宣告中华人民共和国中央人民政府成立了，第一面五星红旗冉冉升起。新中国的诞生，开辟了中国历史新纪元。中国结束了一百多年来被侵略、被奴役的屈辱历史，真正成为独立自主的国家。中国人民从此站起来了，成为国家的主人。人类世界面临千年未有之大变局，中华民族迈向实现伟大复兴的新征程。

210

抗美援朝

半岛烽烟逼界关，第七舰队入台湾。

英雄儿女出国战，抗美援朝奏凯还。

1950 年 6 月 25 日，朝鲜战争爆发，美国出兵干涉，第七舰队入侵台湾海峡。9 月 15 日，美军在仁川登陆，朝鲜人民军转入战略退却，战火即将烧至中朝边境。根据朝鲜政府请求，中国迅速组成志愿军，于 10 月 19 日入朝参战。经过连续五次战役，将美韩军赶回三八线以南，迫使美国同意于 1953 年 7 月 27 日停战。抗美援朝战争的胜利，打破了美军不可战胜的神话，极大提高了中国的国际地位。

第二十二章

211

万隆会议

亚非独立推潮涌，有色人国聚万隆。

高见十条凝共识，楷模一位促和通。

　　1955 年 4 月 18—24 日，29 个亚非国家的 340 名代表在
印尼万隆召开了反对殖民主义、推动亚非各国民族独立的
会议，被誉为人类有史以来有色人种的第一次洲际会议。
会议在和平共处五项原则基础上达成十条共识，被称为万
隆精神。周恩来在蒋帮特务制造克什米尔公主号飞机爆炸
事件后毅然赴会，揭露了帝国主义的离间破坏阴谋，提出
了求同存异的方针，促进了中国与亚非国家的团结合作。

212

收复运河

纳赛尔颁国有令，尤尼斯掌控河权。

苏伊士沸埃及忾，以色列溜英法潜。

　　1956 年 7 月 26 日，埃及总统纳赛尔（1918—1970）宣布将苏伊士运河收归国有，工程师尤尼斯率领特种部队和专业团队从英法公司手中接管了运河控制权，西方世界为之震惊。10 月 29 日，以色列率先出兵，31 日，英国、法国出动 16 万军队、100 多艘军舰、2000 多架飞机，联合进攻埃及，第二次中东战争全面爆发。埃及全民皆兵，英勇打击侵略者，使之深陷泥潭，赢得了战争胜利。

213

黑色幽灵

黑色幽灵犯领空，红衣猎手逊高功。

飞谍竟上走谍套，艾总终遭赫总蒙。

绰号黑色幽灵的美军U—2高空侦察机，从1956年起不断侵犯苏联领空，苏军飞机、导弹因作战高度不够而望机兴叹。苏联派出地面间谍，对空中间谍U—2做了手脚。1960年5月1日，此机进入苏联领空，因高度仪失灵而被苏军导弹击中，飞行员跳伞被捉。苏共总书记赫鲁晓夫（1894—1971）秘而不宣，待美国总统艾森豪威尔宣布该机在土耳其失事后再公布真相，使其颜面尽丢。

214

柏林墙危

前哨毒瘤别好恶，高墙铁网断东西。

战车僵峙炮瞄炮，核弹待发齐对齐。

　　西柏林被西方誉为冷战前哨，而被苏联视为飞地毒瘤。因为已有270万东德人通过此地逃往西方，1961年8月13日，东德军队封锁了边界，先用铁丝网后用高墙把东西柏林隔离起来。10月27日，十几辆美军坦克、装甲车正要通过柏林墙前往西德，突然遭到十几辆苏军坦克的拦阻，双方炮口瞄炮口，核大战一触即发。对峙了16个小时后，苏军先退让，美军后撤离，第二次柏林危机终于结束。

215

不结盟会

军事同盟双刃剑，主权独立万朝晖。

和平共处选边破，冷战脱离划线违。

　　冷战期间，不少国家与美苏结成军事同盟，虽然得到了安全保证，却也丧失了主权独立，甚至被拖进战争深渊。1961年9月1日，南斯拉夫、埃及、印度、加纳等25国在贝尔格莱德举行会议，一致同意彻底废除殖民主义，奉行和平、中立和不结盟宗旨，支持为民族独立而斗争的国家，撤除设在别国领土上的军事基地，主张用和平共处代替把世界划分为集团的政策，显示了第三世界的崛起。

216

古巴危机

猪湾事促古苏亲，后院门开美梦惊。

赫鲁弹拆输赌尽，肯尼兵锁讨偿清。

1961 年 4 月，美国协助逃亡的古巴人在猪湾发动了一次失败的登陆，促使古巴向苏联靠近。1962 年 10 月，美国掌握了苏联在古巴建筑导弹基地的证据，宣布实行海空封锁。赫鲁晓夫命令苏联船队冲击美封锁线，关键时刻退缩，同意拆除导弹。肯尼迪（1917—1963）成功逼退苏联攻势，挽回了因猪湾事败而丧失的威望。美苏双方在核弹按钮旁徘徊的局面结束，人类渡过了一场核危机。

217

魂断达城

郎才女貌亮达城，头海手林传爱声。

总统突遭双弹毙，夫人犹遇五雷抨。

1963 年 11 月 22 日，素有郎才女貌之称的美国总统肯尼迪和夫人杰奎琳来到达拉斯城为民主党募集竞选捐款，受到 50 万人的夹道欢迎。为了让民众一睹第一夫人芳容，敞篷汽车没有安装防弹罩。12 时 30 分，2 颗子弹突然击中肯尼迪颈部和头部，杰奎琳怀抱着昏迷的丈夫悲恸地呼唤，但最终也未能将其叫醒。嫌犯被捕不久遭人枪杀，破案线索中断，副总统约翰逊在返回华盛顿的专机上接任总统。

218

六五战争

闪电突袭破四陲，战鹰铁甲显神威。

一千生命换全胜，六万版图增界碑。

1967 年 6 月 5 日早晨 7 时 45 分，以色列出动全部战机，对埃及、叙利亚和伊拉克的所有机场进行了超低空突防、闪电式空袭。半小时后，地面装甲部队也发动了进攻。阿拉伯国家奋力抵抗，但终因猝不及防，至 10 日战败，伤亡和被俘达 6 万余人。第三次中东战争，以色列以阵亡 983 人的代价，占领了加沙地带、西奈半岛、约旦河西岸、耶路撒冷旧城和戈兰高地共 6.5 万平方公里的土地。

219

边界反击

东南酗酒西南醉，老界越逾新界推。

一仗打疼疏霸欲，多年安稳固边陲。

从 1951 年起，印度趁中国抗美援朝之机，抢占了麦克马洪线以南大片中国领土。1962 年，又趁蒋介石在东南沿海方向叫嚣反攻大陆，在西南边境地区频繁制造事端，不断蚕食中国领土。中国军队奉命从 10 月 20 日起，实施中印边界自卫反击作战，至 11 月 21 日胜利结束，并将俘虏的印军官兵和缴获的装备交还给印度。此战有力地教训了侵略者，赢得了西南边境地区几十年的和平安宁局面。

220

两弹一星

丛林法硬霸权思，撒手锏绝平等持。

两弹一星华夏志，千秋万代子孙师。

20世纪50年代，面对严峻的国际形势，以毛泽东为核心的中共第一代领导集体作出了独立自主研制核弹、导弹、人造卫星的战略决策。大批在国内外有杰出成就的科学家，义无反顾地投身这一事业。1964年10月16日中国成功爆炸第一颗原子弹，1967年6月17日成功空爆第一颗氢弹，1970年4月24日成功发射第一颗人造卫星。"两弹一星"是20世纪下半叶中华民族创建的辉煌伟业。

第二十三章

221

切格瓦拉

周游拉美立豪言，举义古巴担铁肩。

挺进非洲播火种，起兵玻利殉苍天。

切·格瓦拉（1928—1967），拉丁美洲革命家。出生于阿根廷，年轻时学医，曾周游拉美，目睹贫困，立下进行世界革命、解放天下穷人的誓言。参加了卡斯特罗领导的古巴革命，胜利后在古政府担任了一系列要职。1965 年主动离开古巴，先后到刚果（金）和玻利维亚丛林发动游击战争。1967 年 10 月 8 日遭玻政府军伏击受伤被捕，次日遇难，被视为国际共运的英雄和左翼人士的象征。

222

布拉格春

捷克春风催嫩芽，华约冬雪盖鲜花。

无边干涉大哥霸，有限主权幺弟爬。

　　1968 年 1 月，捷克斯洛伐克发起了一场探索符合本国国情社会主义道路的改革运动，被称为"布拉格之春"。8 月 20 日，苏联及华约成员国武装入侵捷克，逮捕其领导人，扼杀了这场改革。为了使武装干涉合法化，苏联提出社会主义大家庭各国的主权是有限的。这次事件使苏联的霸权气焰达到了巅峰，为入侵阿富汗开了先例，也使中国认识到苏联不会容许异己的存在，最终促成了中美建交。

223

珍宝岛战

九评笔战恨难消，一地纷争气不调。

华夏扬威赢宝岛，沙皇遗梦葬波涛。

赫鲁晓夫在中国建立长波电台和共同舰队的建议被拒，撤专家、逼还债的威胁未果，又于1960年公开挑起意识形态论战，中共发表九评苏共中央公开信予以回击。勃列日涅夫（1906—1982）上台后，在中苏边境陈兵百万，两国关系更加紧张。1969年3月，苏联军队武装入侵珍宝岛，中国军队实行自卫反击，将敌坦克击毁沉江，夺回了祖国宝岛，"打倒新沙皇"的口号响彻中国大地。

224

秘密访华

主席传信露心声，总统访华昭至诚。

中美言和生巨变，环球角力促平衡。

面对苏联咄咄逼人的攻势，中美两国由相互对立转向相互借重。1970 年初，毛泽东通过请斯诺传话、邀请美国乒乓球队访华等方式，发出愿与美方接触以打破僵局的信息。经过基辛格先行探路，1972 年 2 月 21 日，美国总统尼克松（1913—1994）乘专机秘密访华，与毛泽东、周恩来进行了会谈。双方发表了中美上海联合公报，宣布两国关系走向正常化，中美苏相互制衡的大三角关系自此形成。

225

重返联大

联大会坛留旧面，中华日月换新天。

友朋提议返席位，安理复常恢否权。

中华人民共和国成立后，由于美国的阻挠，新中国在联合国的合法席位长期被退据台湾的国民党集团把持着，中国为此进行了坚决的斗争。1971 年 10 月 25 日，在第 26 届联合国大会上，阿尔巴尼亚、阿尔及利亚等 23 国关于恢复中华人民共和国在联合国合法席位和驱逐台湾国民党集团代表的提案以压倒多数获得通过。中国重返联合国，作为安理会有否决权的常任理事国的地位也得到恢复。

226

斋月战争

埃叙夹击首告捷，水枪破阵赛刀切。

赢时步止疏扑反，斋月烟消思战歇。

　　1973 年 10 月 6—26 日，埃及、叙利亚发动了收复被以色列占领的西奈半岛和戈兰高地的斋月战争。开战头两日，埃叙两军进展顺利，以军的巴列夫防线被埃军用高压水枪切开。但由于埃叙没有乘胜发展进攻，以军反扑，战况逆转。埃叙两军又退出收复的领土，以军越过原来的停火线苏伊士运河。第四次中东战争结束，埃及与以色列签署了首个和平协议，两国走上了通过谈判解决争端的道路。

227

越南战争

法撤美接投越战，兵输策尽陷泥潭。

人亡气耗力难继，思转身抽欲勿娈。

越南原为法国殖民地，二战中被日本占领。1945年，越南共产党和法国支持的保大皇帝分别在北南两方建国，双方爆发了长达十年的战争。在中国援助下，北方取得了决定性胜利，法军撤出越南。1959年，南北再次爆发战争。美国出兵越南，深陷泥潭，吃尽苦头，国力难支，百姓反战，最终被迫撤出，1975年越南统一。越南战争使美国元气大伤，在与苏联争霸中由攻转守，开始走下坡路。

228

苏联侵阿

彼得遗嘱下南洋，勃列举兵开走廊。

陷股十年图始弃，抽身两载梦终亡。

　　占领阿富汗、打通南下印度洋的战略走廊，是历代沙皇梦寐以求的争霸目标，据说彼得大帝曾经为此留下遗嘱。勃列日涅夫继承了老沙皇的衣钵，从 1973 年起在阿富汗先后发动了 3 次政变，最后索性于 1979 年 12 月直接出兵武装入侵。在阿人民的坚决抗击下，阿富汗战场成了苏联日夜不停的流血伤口。1989 年 2 月，苏军被迫全部撤出阿富汗，两年后连老沙皇扩张的不少地盘也在解体中丢弃。

229

自卫还击

南国火起燃边境,小弟羽丰绝旧情。

自卫还击施教训,戍防轮战锻精兵。

越南统一后,加快了建立印支联邦、称霸中南半岛的进程,并不顾中国在抗法、抗美战争中给予的巨大援助,驱赶迫害华侨,挑起边界事端,大有配合苏联对中国形成南北夹击之势。1979 年 2 月 17 日—3 月 16 日,中国军队进行了对越自卫还击作战,给挑衅者以应有惩罚,打乱了其地区称霸步伐,改善了战略态势。后来,又利用戍边拔点,安排部队进行轮战锻炼,军队的实战能力有了新的提高。

230

改革开放

三中全会春风劲，二次长征道路新。

执政治国更理念，改革开放破迷津。

　　新中国建立后，围绕什么是社会主义、怎样建设社会主义，进行了艰难的探索，取得了巨大成就，也走了不少弯路，包括发生了"文化大革命"那样的全局性错误。1978 年 12 月，中国共产党召开十一届三中全会，邓小平（1904—1997）作了重要讲话，揭开了中国全面改革开放的序幕。中共在实践中探索出中国特色社会主义道路，引领人民走上民族复兴新的伟大征程，中国的面貌日新月异。

第二十四章

231

民权运动

妇女维权登政坛，黑人参选破歧栏。

富豪加税供福利，工会调和防溃盘。

　　西方社会虽然崇尚自由平等民主人权，但这些权利开始仅仅局限于富人男人白人享有。在民权运动的不断抗争面前，在社会主义运动的持续倒逼之下，19 世纪以后西方穷人逐渐有了普选权，1920 年美国允许妇女参与政治投票，1965 年美国黑人的选举权利得到确认，马丁·路德·金为此付出了生命。西方的民权运动一直持续至 1980 年代，缓和了阶级矛盾，提高了社会福利，促进了经济复苏。

232

科技革命

信息主导兴千业，火箭推星惠万方。

科技创新财富涌，生活改善隐忧长。

    20 世纪 70—80 年代以来，世界上掀起了一波又一波的科技革命。尤其是计算机、互联网的普及，使信息技术呈现出主导其他技术、推动百业升级的特点。导航、通信、气象、遥感卫星的运用，极大地提高了人类感知、掌控、利用自然的能力。以美国为首的西方发达国家对科技革命见事早、投入大，收到了丰厚回报。人类的生活也受惠于科技发展，质量有了很大提高，但也带来了长久的隐忧。

233

星球大战

里根高祭星球计，勃列忙出宇宙棋。

黩武穷兵苏力耗，养精蓄锐美神怡。

1981 年，里根（1911—2004）就任美国总统不久，即召集知名专家研究高边疆战略，制订了星球大战计划，号称要打造一个可使对方进攻性武器失效的空间绝对盾牌。勃列日涅夫及其继任者们则针锋相对，启动了投入更大的军备竞赛项目，耗费了苏联的国力。许多观察家尤其是美国的保守派，称赞里根振奋了美国人在 1980 年面临的低落士气和挫折感，是美国得以拖垮苏联的主要功臣。

234

两伊战争

萨达势锐霍梅严，武器性良人盾坚。

血战八年无胜负，魂亡百万有憎怜。

　　1980 年 9 月，在美国的支持下，伊拉克总统萨达姆
（1937—2006）悍然向伊朗发动军事进攻，妄图控制两国有
争议的石油出口水道阿拉伯河，遏制通过革命上台并强烈
反美的伊朗政权。伊朗精神领袖霍梅尼（1902—1989）则
动员全民参战，用人盾挡住了伊拉克先进武器的攻势。两
伊战争打了八年，双方不分胜负，总共死亡近百万人，许
多未成年人参战夭天，两国经济几近崩溃。

235

马岛之战

天边占岛眼前气，总统发威首相急。

近战十周因弱负，远征万里恃强欺。

1982 年 4—6 月，英国和阿根廷为争夺马尔维纳斯群岛主权爆发了战争。马岛近在阿根廷眼前，却被远在天边的英国强占。两国长期谈判未果，阿总统加尔铁里（1926—2003）下令出兵占领了马岛。英首相撒切尔夫人（1925—2013）出动海军主力，远征万里对抗阿军进攻。经过 74 天艰苦激烈的海空作战，英军登陆夺回了马岛的控制权，综合国力的强弱决定了战争结果的输赢。

236

百万裁军

领袖高瞻时代变，和平发展主题新。

裁军百万示诚意，聚力千钧消困贫。

1985 年，时任中央军委主席的邓小平根据对时代主题已经由战争与革命转变为和平与发展的战略判断，做出军队建设指导思想实行战略性转变、精简员额 100 万的重大决策，中国军队开始由数量规模型向质量效能型转变。中国裁军百万，向世界表明了维护和平的诚意，避免了与美苏开展军备竞赛，将省下来的军费用于加强经济建设，改善人民生活，消除贫困现象，抢得了宝贵的发展机遇。

237

东欧剧变

少小依扶老靠帮，大哥生病弟着凉。

城头有火盼霖雨，天上无云等命亡。

20世纪80年代末90年代初，东欧各个社会主义国家的政治经济制度发生了根本性改变。东欧剧变原因复杂，其中一个重要原因是，东欧各国共产党是在苏联扶持下执政的，养成了一切唯苏联马首是瞻的习惯，没有独立自主的权利和经验。当苏联不改革时，谁也不能改革；当苏联改革时，谁也必须按照苏联模式改革。在西方引导和苏联示范下，东欧各国改革失败，社会主义大家庭分崩离析。

238

海湾战争

债台高筑生邪念，弱肉强食出大军。

欧美示威无遏果，海湾动武有惊云。

　　伊拉克为摆脱因两伊战争而债台高筑的困境，于 1990
年 8 月 2 日大举入侵石油藏量丰富的海湾小国科威特。以
美国为首的多国部队在取得联合国授权、军事威慑无效的
情况下，于 1991 年 1 月 16 日开始对伊拉克军队发动军事
进攻，在进行了 42 天空袭后，展开了 100 小时的陆战，
以较小的代价取得了决定性胜利，迫使伊拉克从科威特撤
军。海湾战争的高技术特征惊动世界，引发了新军事变革。

239

苏联解体

遍体沉疴非断魂，全盘否定必除根。

利钦裂土人得意，戈尔解盟心弃尊。

1991 年 12 月 25 日，飘扬了 74 年的镰刀锤子国旗从克里姆林宫上空降下，苏联解体。造成这一结局的根本原因，是执政的苏联共产党在内政外交和党的建设上的一系列重大失误所致。戈尔巴乔夫上台后，本有可能挽回危局，却又推行了全盘否定苏联历史的失败改革，导致全党信念丧失。在 76.4% 的苏联公民投票赞同保留联盟的情况下，叶利钦宣布俄罗斯独立，临门一脚导致苏联永久分裂。

240

南巡讲话

谁偏谁正看实践，姓社姓资依本源。

迷雾消失明眼目，春风拂面暖心田。

　　20 世纪 90 年代初，东欧剧变，苏联解体，严峻事实发人深思：世界将向何处去？社会主义命运会如何？中国今后怎么办？ 1992 年初，邓小平先后到武昌、深圳、珠海、上海等地视察，发表一系列重要讲话，指出不要纠缠于姓社姓资的争论，社会主义的本质是解放和发展生产力，最终达到共同富裕，要大胆地改和试。南巡讲话驱散了人们心头的迷雾，改革开放的春风更加强劲地吹遍中国大地。

第二十五章

241

欧洲联盟

兄弟相残千载恨，山河互掠百年焦。

联盟携手径虽对，协力同心路尚遥。

    罗马帝国崩溃后，欧洲大陆征战不断，兄弟相残，积怨甚深。特别是 1848 年欧洲革命后的近百年时间，战争规模越打越大，以致于 20 世纪上半叶引发两次世界大战，山河破碎，元气耗竭，地位日低。为了扭转颓败趋势，争取与美苏平起平坐，欧洲各国走上了联合之路。1967 年 7 月 1 日正式成立欧洲共同体，1993 年 11 月 1 日改名为欧洲联盟，总部设在布鲁塞尔，目前共有 28 个成员国。

242

金融风暴

东方奇迹誉全球，金鳄魔方乱亚洲。

大坝不坚倾刻垮，早春轻冷瞬间秋。

20 世纪 70—80 年代以来，亚洲国家创造了经济发展的东方奇迹，也埋下很多隐患。1997 年夏，在金融大鳄索罗斯等国际炒家的持续猛攻之下，亚洲金融风暴爆发。这场风暴自泰国始，扫过马来西亚、新加坡、日本和韩国等地，打断了亚洲经济的高速发展。中国经济在危机中表现良好，成为稳定世界经济的压舱石，还支持刚刚回归祖国的香港，战胜了索罗斯的攻击，保住了多年的发展成果。

243

中国入世

欧洲炸馆烟还在，南海撞机钟又敲。

冷战过时偏见弃，中国入世贸歧消。

　　苏联解体后，美国开始将中国视为主要对手，先后发生了 1999 年的北约轰炸中国驻南联盟使馆和 2001 年的中美南海撞机事件。在复杂严峻的国际形势面前，以江泽民为核心的中共第三代领导集体妥善应对，引领中国改革开放的航船沿着正确方向破浪前进，成功地把中国特色社会主义事业推向 21 世纪。2001 年 12 月 11 日，中国正式成为世贸组织成员，中国经济从此更深地融入世界经济。

244

反恐战争

劫机撞塔有多仇，反恐擒凶怎可休？

战斧巡航阿富汗，联军围捕本登酋。

　　2001 年 9 月 11 日，恐怖分子劫持了美国 4 架民航客机，其中 2 架撞塌纽约世贸中心双塔大厦，1 架撞毁华盛顿五角大楼一角，导致 3000 多人死亡，造成经济损失数千亿美元，全世界为之震惊。为了逮捕基地组织头目本·拉登并惩罚塔利班对恐怖分子的支援，10 月 7 日，美国为首的联军以战斧式巡航导弹袭击开始，发起对阿富汗的反恐战争。此战一直延续了十余年，美国再次陷入泥潭。

245

斩首行动

病夫屋漏偏遭雨，牛仔酒酣兴试拳。

斩首罪名藏大武，亡魂状诉反人权。

经过两伊和海湾两场战争，原本富庶的伊拉克变得十分破败，萨达姆心力交瘁。被美国人称为得州牛仔的小布什总统却以伊拉克藏有大规模杀伤性武器为由，绕开联合国安理会，于2003年3月20日联手英澳丹波等国，单方面对伊实施军事打击，萨达姆家族主要成员在美军的斩首行动中先后丧命。直到8年后美军撤出，美方也未找到大规模杀伤性武器，只好以伊反人权作为发动战争的借口。

246

金融海啸

一街地震全球颤，两市盘崩世界颠。

经济危机何可免，金融海啸怎能眠？

从 2007 年 8 月 9 日开始，一场由华尔街引发的金融海啸席卷全球，房市、股市泡沫破裂造成资本外逃、银行破产、货币贬值、偿债困难，西方经济再次面临萧条。多国中央银行向金融市场注入巨额资金，也无法阻止危机失控。人们不得不再次反思，资本主义世界经济危机的周期性发作怎样才可以避免？有什么办法才能使金融海啸这类灾难长期休眠？马克思的《资本论》又一次成为热销读物。

247

颜色革命

神奇良药催西化，颜色高潮堆彩花。

倘有一方医百病，哪需二甲建千家？

自 2003 年始，独联体和中东北非发生一系列以颜色命名的政权变更运动，号称颜色革命。颜色革命并非传统意义上的革命，而是打着推行西方民主旗号，实际带有强烈民族、宗教和利益集团争斗色彩的权力再分配，背后一般都有外部势力插手。美欧国家出于地缘政治和输出制度需要，对盟国外的反对派通常给予支持。往往从非暴力开始，最终陷入无休止的暴力甚至内战，造成大量伤亡破坏。

248

北京奥运

奥运会旗飘北京，地球村落溢豪情。

一国热主昭心意，四海嘉宾展水平。

2008 年 8 月 8 日，第 29 届夏季奥运会在北京开幕，"我和你，心连心，同住地球村"的歌声响彻大地，204 个国家及地区的 11438 名运动员参赛，全中国洋溢着热情与豪迈。几年来，中国接连战胜非典、地震和金融海啸等困难。以胡锦涛为总书记的中共中央着力推动科学发展、促进社会和谐，继续在全面建设小康社会实践中推进中国特色社会主义伟大事业。成功举办奥运会、残奥会，向全世界进一步展示了中国发展进步的时代风采。

249

中华复兴

中国梦起越千年，华夏龙腾在眼前。

开拓创新延道路，和平发展奔明天。

2012 年 11 月 29 日，习近平发表了中国梦的重要讲话，指出现在我们比历史上任何时期都更接近中华民族伟大复兴的目标，必须坚定不移沿着中国特色社会主义道路走下去，到中国共产党成立 100 年时全面建成小康社会的目标一定能实现，到新中国成立 100 年时建成富强民主文明和谐的社会主义现代化国家的目标一定能实现，中华民族伟大复兴的梦想一定能实现。中共新一届中央领导集体接过历史接力棒，在内政外交和党的建设上采取了一系列新举措，开局良好，全国振奋。

跋

大同世界

莽莽千流终入海，林林万法总归宗。

桃花源记非虚幻，理想国中有大同。

千流入海，万法归宗。世界五千年的历史表明，人类社会发展尽管艰难曲折，但大方向总是向前的。陶渊明描绘的桃花源，柏拉图设计的理想国，马克思、恩格斯展望的共产主义，与孔夫子提出的大同世界，尽管科学程度不同，但都包含着人人敬老、人人爱幼、无处不均匀、无人不饱暖的理想社会目标。中华民族正在探索的不靠战争、不靠殖民、不靠掠夺也能和平发展的道路，也许会成为人类社会发展的共同道路。经过一代又一代人的努力奋斗，大同世界总有一天会来到。

后 记

在学习研究中国和世界历史的过程中，我尝试着用绝句加短文的形式，写出了组诗《世界五千年》。

启动这项工程，一是出于责任，想让更多的朋友与我一起通过简明的诗文回顾历史，因为"以史为鉴，可以知兴替"；二是出于兴趣，想在写史中提高写诗的能力，尤其是对仗式绝句的写作水平。

以诗咏史，古今有之。古人如杜甫、杜牧等，都以创作史诗而享盛名；今人也有不少史诗作品，而且写得很好。我是在踩着他们的脚印走，力求在全面性、系统性、完整性上有所前进。

中国历史和世界历史，无论是学术著作、普及读物还是各类教材，都是分开表述的。我尝试着将其放到一起写，是想在世界历史发展的大坐标中，找到中国历史发展的时空位置，再用中国历史发展的时空位置，去体验世界历史发展的脉络与进程。

　　组诗由远至近，按时间顺序展开。鉴于中外历史断代时间不同，写作中没有按远古、古代、近代、现代、当代分卷，而是大体上按时间段分为25章，每章10首，先写外国，后写中国。由于每章的内容很难用一句话来概括，故未用标题。

　　全书251首诗，包括正文249首，序、跋各1首，均为七言绝句。用韵尽可能关照到平水韵和中华新韵两个方面，当同时依新旧韵有矛盾时，则以中华新韵为准。押韵字力求韵母相同，以求朗朗上口。

　　七言绝句本不必对仗，有起承转合即可。我这次基本采用对仗写法，主要想适应以写事而不是以抒情为主的需要，以文字的对仗美来增加叙事的生动性。对仗式绝句，古人也有先例。

　　本组诗涉及大量外国人名、地名和事件。为便于在读诗时记史，我在符合格律的前提下，最大限度地保持了写作对象原来的称谓，以一联诗或一首诗为单位来灵活确定节奏。

　　尽管做了上述努力，但用绝句加短文的形式反映世界五千年的历史还只是初步探索，不足之处在所难免，敬请广大读者批评指正，以便将来再版时修改得更好。

　　在写作过程中，我以多种形式征求了有关领导、专家、同学、诗友和家人的意见，他们的关心、理解、支持、鼓励和帮助，是我克服困难、坚持下来的重要精神力量，在此表示衷心的感谢!

　　本书对事件、人物的取舍、排序和描写,参考了大量中外历史典籍和普及读物,特别是各种版本的《世界上下五千年》。在此,向所有作者、译者和编者一并表示衷心的感谢和崇高的敬意!

任海泉

2013 年 10 月 1 日于北京

图书在版编目（CIP）数据

组诗：世界五千年 / 任海泉著.—北京：华艺出
版社，2014.1

ISBN 978-7-80252-482-8

Ⅰ.①组… Ⅱ.①人… Ⅲ.①组诗—诗集—中国—当
代 Ⅳ.①I227

中国版本图书馆CIP数据核字（2014）第003344号

组诗　世界五千年

著　　者：任海泉
出 版 人：石永奇
责任编辑：常永富　陈娜娜
装帧设计：王　烨
出版发行：华艺出版社
社　　址：北京市海淀区北四环中路229号海泰大厦10层
电　　话：010-82885151
邮　　编：100083
电子信箱：huayip@vip.sina.com
网　　站：www.huayicbs.com
印　　刷：北京润田金辉印刷有限公司
开　　本：1/32
字　　数：194千字
印　　张：10.25
版　　次：2014年1月第1版第1次印刷
书　　号：ISBN 978-7-80252-482-8
定　　价：36.00元

华艺版图书，版权所有，侵权必究。
华艺版图书，印装错误可随时退换。